Enquanto anoitece

Luiz Eduardo Soares

Enquanto anoitece

todavia

Para Miriam Krenzinger

Raimundo Nonato 9
Branca e Eugênio 23
Linda e Gregório 39
Desterro 67
Iara e Luiz 81
Rose e Andinho 125
Ao norte da lápide 147

Cronologia 157

Agradecimentos 158

Raimundo Nonato

Em 1973, o Nordeste brasileiro abrigava Raimundos, Nonatos e Raimundo Nonato, que foi acordado pelo chamado insistente: "Tá dormindo, tá?"

No quarto único, três camas. A irmã adolescente vira pro lado. A mãe ergue o tronco e Raimundo, rapidíssimo, levanta-se, veste as calças, a camisa, mete os pés no calçado de couro.

"O que será a essa hora, meu Deus?"

"Pode deixar, mãe."

"Tu vai sair no meio da noite?"

Raimundo não responde e sai.

Leandro o espera em frente à casa, ao lado da caminhonete com faróis ligados.

Na primeira vez, muitos anos antes, Raimundo saiu de casa cabreiro, ouviu por Leandro a ordem do capataz, "Severino mandou te chamar", hesitou um momento, "Vou falar com minha mãe", e o jagunço: "Não precisa despedir, não. Tu não vai morrer. A gente não morre, a gente mata. Faz justiça. Vem. Sobe".

Agora, ele não titubeia. Horas impróprias não há, embora seja rara missão noturna. Tanto que nem se recorda de outra vez. Quando Raimundo abre a porta do carona, Leandro balbucia: "Tá...?". O outro levanta a camisa e mostra o trinta e oito ao motorista. Sobe mudo e segura o tranco. A arrancada é cavalo no cio.

Seguem em silêncio. No caminho, Raimundo tem tempo pra lembrar.

Aos trinta e cinco anos, em 1970, está na porta da casa-grande, a camisa rasgada e manchada de sangue, as mãos amarradas nas costas. Ao lado dele e atrás, três homens montados em cavalos, armados com carabinas, espingardas e facões: Severino, vinte e cinco anos, forte; Leandro, pouco mais velho que Raimundo; e Laerte, ainda mais velho que os dois. O último cavalo carrega um corpo ensanguentado que pende na transversal. Emiliano, da varanda, observa.

Severino, tirando o chapéu, olha para cima: "Almino, patrão. Taí, morto. Encontramo no chão embolado com Raimundo Nonato. O que o senhor quer que faça?".

Respeita-se o contraditório, no Engenho Santo Onofre, embora um dos lados esteja impedido de contestar. Mortos não falam, o que se vai fazer? Cumpre-se o devido processo real. O senhor é justo: "Explique, Raimundo".

"Fez mal à minha irmã. Eu não podia deixar vivo. Depois que morreu meu pai, na família o homem sou eu."

"Severino", diz o patrão, convocando seu testemunho.

"Foi isso mesmo."

"Solte o cabra e traga ele aqui."

É a primeira vez que Raimundo entra no salão da casa-grande. Emiliano está sentado; Raimundo, de pé, desamarrado e descalço, ainda vestindo a camisa manchada de sangue e rasgada, ao lado de Severino. O senhor inspeciona Raimundo com os olhos.

"Tiro?"

"Faca."

"Emboscada?"

"Não, patrão, não sou homem de covardia, não. O senhor pode acreditar."

Emiliano olha o rapaz nos olhos, fumando. Raimundo abaixa a cabeça.

"Raimundo Nonato, vou confiar em tu. Severino, esse moço vai largar o trabalho na roça. Prepara ele pra formar na nossa tropa. Ensina o menino a atirar."

Foi assim que.

Voltamos a 1973. A caminhonete vai a pinotes, palmilhando a buraqueira.

"Acharam um comunista lá pras bandas do Serradinho", diz Leandro.

"Comunista?"

"O Exército tá caçando comunista. Sabe o que é comunista, Raimundo?"

"Acho que sei."

Nos olhos de Raimundo brilha uma fogueira arcaica. Logo depois que seu avô sumiu para nunca mais, a família foi ao quintal queimar papéis. Não era festa junina. A mãe tinha pressa. Ele quis salvar um cartaz tão bonito. Não pôde, porque a palavra no meio do papel colorido que o pai soletrou baixinho, "comunista", era coisa pra arder ou a polícia levaria até mesmo as crianças, e ele gelou de tanto medo ao lado do fogo que devorava palavra por palavra, viva ou morta. Mas isso foi antes do pai também desaparecer, igualzinho ao avô.

"Acorda, homem, até sentado tu dorme? Chegamo."

Leandro estaciona a caminhonete na frente da casa do capataz. Um poste ilumina longe, até a varanda. Bem melhor que o casebre de Raimundo. Ao redor da casa, dois pequenos caminhões do Exército repletos de soldados. Paliteiros de fuzis. Dois oficiais conversam com Severino. Os três aproximam-se da caminhonete, da qual descem seus dois tripulantes. Um oficial quer saber quem conhece bem o Serradinho.

"Uns trinta quilômetros naquela direção", Leandro aponta.

"Isso eu sei. Alguém sabe onde fica a casa de uma velha que mora sozinha, rezadeira, feiticeira, endemoniada, sei lá o que é a porra da mulher?"

"É a Beata, todo mundo conhece. Ô Raimundo, tu sabe qual lugar que é, num sabe? Ele tava me contando dia desse que foi lá pra veia dá uns passe nele e vê o futuro, num foi?"

Raimundo assente com a cabeça.

O oficial não está satisfeito: "Sabe ou não sabe?".

De tanta espera, ouvem-se grilos agulhando a madrugada com sua estridência de metal.

Severino não se contém: "Desembucha, homem".

"Sei."

O oficial determina: "Então, o cabra aqui vai na frente, orientando o motorista. Nós acompanhamos a caminhonete".

O segundo oficial orienta: "É pra ir com farol baixo, se possível no escuro, e sem fazer alarde. Já entreguei um rádio pro Severino. A gente vai se falando. Vamo fazer um círculo em torno da casa. Parece que a velha está escondendo um homem jovem que, pelo sotaque, veio do Rio de Janeiro. É um comunista encarregado de recrutar camponeses e organizar a guerrilha. Tem vários espalhados por toda a região. Atenção! É pra pegar o cara vivo. A gente trabalha o sujeito e tira dele as informações. Ele morto não interessa. Entenderam? Vamo lá".

O comboio corcoveia noite adentro. Raimundo, repleto de recordações, cai num poço de luz. A vertigem é chave da memória. Ele vai remoendo sua história e revê o dia da consagração.

Está de pé, olhos fechados, diante da Beata, índia vergada sob o peso da idade. Ela, em transe, movimenta as mãos como se desenhasse a aura do rapaz, falando uma língua desconhecida. Na sequência, o faz ajoelhar-se e passa uma mistura de ervas e líquidos em sua cabeça. A casa da Beata é modesta mas comprida, melhor que o casebre de Raimundo e a casa de Severino. A sala é colorida, coalhada de ícones das mais diversas tradições, não apenas indígenas. Atrás de onde estão ele e a Beata, há um biombo com desenhos de pássaros lendários da Zona da Mata, do Agreste e do Sertão.

Ela arrasta a voz: "O passado não passou. Cuidei de teu pai, homem valente da estirpe de Ogum, morto pela covardia dos poderosos. Ele pediu que eu te protegesse, Raimundo Nonato, que eu afastasse de ti o destino dele. Mas o destino é soberano, não é escravo da vontade, e cada um tem o seu. O mal e a morte fazem parte da vida. Tu vai seguir teu caminho, caçador, semeando a terra com as cinzas, as pedras e o sol. E ninguém está só".

A Beata puxa uma aba do biombo como quem abre uma cortina. Um homem está deitado no chão, inconsciente, coberto de ervas.

Ela prossegue: "A corrente dos irmãos não pode se quebrar".

Asperge ervas numa espécie de peneira sobre o corpo do homem e passa a peneira para Raimundo, que repete o ato da Beata. Ela abre o biombo e volta a separar os ambientes.

Raimundo Nonato abre e fecha os olhos dentro da caminhonete, o horizonte é curto na rota de terra. Lusco-fusco das lanternas, pó no ar e animais em fuga. Mergulha de novo nas recordações.

Ele está deitado sobre a mesa. A Beata tatua a coruja do sertão, rasga-mortalha, caçadora, símbolo que ocupa todo o espaço de suas costas. Depois, aproxima-se de sua orelha: "Agora, a veia Beata vai contar a história que vai ser".

No veículo que puxa a fila, Raimundo se esforça para reconhecer as casas, distantes uma da outra e parecidas. Pede a Leandro, ao volante: "Vai devagar". Põe a cabeça na janela: "Aquela".

A caminhonete para. Severino, sentado atrás, passa um rádio: "Casa identificada. Estamos parando na frente".

A tropa faz o cerco. Os três da caminhonete permanecem no interior do veículo. Os dois caminhões do Exército voltam seus faróis, canhões de luz poderosos, sobre a casa e seus contornos, enquanto soldados arrombam portas e janelas. O momento é puro escarcéu, claridade, latidos e sofreguidão.

Pelo rádio, o segundo oficial: "Casa errada. O alvo é a próxima". Veículos e homens correm para a casa da Beata, que aguarda a tropa com uma vela na porta, curiosa e indignada com o barulho. Os soldados vasculham a casa, em vão. O primeiro oficial fala com a Beata. Ela permanece em silêncio. Ele se dirige a Raimundo, de pé na estrada. Aplica-lhe um pescoção que o derruba.

"Quer dizer que tu te enganou? As casas são parecidas, né?" Raimundo se levanta e é agarrado por dois soldados. O segundo oficial lhe dá um tapa como só os profissionais sabem dar. E lhe diz: "Já que o filho da puta ajudou o terrorista a fugir, ele vai com a gente no lugar do amigo dele e da velha, que mal se aguenta em pé". O primeiro oficial completa: "Tu vai ver que não se brinca com fogo, desgramado". E lhe acerta a cabeça com o bastão. Raimundo desfalece e sangra.

Raimundo Nonato desperta algemado a uma cama de ferro. A consciência é vaga, a visão, enevoada. O corte longo e profundo do rosto à cabeça o desfigura e dói.

O segundo oficial e um médico o observam.

"Você já costurou melhor."

"O que é que você queria? Fiz a seco, como você mandou, o homem pulava que nem cabrito."

"Será que ele aguenta ser interrogado, já?"

"Vão trabalhar o cara?"

"Claro."

"Melhor esperar uns dias."

"Uns dias não tenho como esperar."

"Pega ele amanhã, então, mas vai com calma."

Raimundo Nonato jamais se lembrará de quanto tempo passou sob a guarda do Exército, muito menos dos detalhes de seu calvário. Não se lembrará, por exemplo, do soldado entrando com o lanche dos dois algozes que se revezavam no labor penoso de lhe infligir o martírio. "Hora do recreio." Os homens se fatigavam. Para lanchar desabavam nas cadeiras. Bebiam Coca-Cola. Mastigavam pão com maionese. "O cabra tá dando uma canseira na gente. Puta que pariu." A sala de tortura era verde e preta, lâmpadas altas, preta embaixo, verde em cima. Mas ele vez por outra confundia e via o verde embaixo, o preto em cima, devia ser porque a cabeça tombava no pau de arara, pois é assim que funciona o pau de arara, a cabeça tomba. Raimundo preferia apanhar de porrete, acabava logo, desmaiava. Pior era a cadeira do dragão, a corrente elétrica, carne tostada. Na língua queimava feito maçarico. Não dava pra falar depois, nem comer. Não comer era melhor, não se cagava nos choques de alta voltagem.

De volta à labuta, Raimundo pendurado no varal, e mãos à obra. Ele nunca saberá que a seu lado terão trocado uma e outra ideia:

"Apagou."

"O quê?"

"O cara apagou."

Raimundo desperta enfim deitado na cela escura. Um fio de luz é o que lhe resta da fartura de sol nordestino no enclave de pedra. Daí em diante recordará: o claustro gelado. Senta-se, geme, volta a deitar-se: "Minha vó Beata, cadê o manto de são Jorge, cadê a espada de Ogum?".

Raimundo tá tão fraquinho, teria lamentado a Beata se estivesse ali, roxo, roxo. Só não morre já porque não pode. Tem muita história pela frente. Fraquinho. Mesmo que a altura do teto permitisse, não se levantaria. Talvez um dia se recorde de que nesse momento, emborcado na poça de sangue e urina, lembrou-se da primeira vez nas terras do patrão: os dois companheiros de Severino amarram um homem semidesnudo a um tronco. Severino sentencia:

"Sua vez, Raimundo. Hora de fazer justiça."

O condenado suplica:

"O que é que eu fiz?"

Leandro enfia um pano na boca do desgraçado.

Laerte abre um papel, mostra ao condenado, perto dos olhos, e o esfrega em seu rosto. Depois, prega o papel no tronco, ao lado da cabeça do infeliz. A estampa do infeliz e a frase "Procurado: ladrão de gado".

Severino passa a arma a Raimundo.

"Tudo tem sua primeira vez, Raimundo. Tu vai te acostumar. No crânio, meio dos olhos, é mais rápido. Um tiro só. Gasta menos munição."

O ladravaz ruge, rosna, grunhe.

Raimundo encosta a ponta da arma na testa do homem.

As palavras no papel, ninguém vai conseguir decifrar no borrão vermelho.

Na cela, Raimundo é um fiapo de gente que gasta o tempo tremendo e recordando.

Três meses depois da prisão, Raimundo é liberado. Retiram-lhe as algemas, devolvem-lhe as roupas. De que vale a camisa encharcada de sangue? Ele atira o trapo na caçamba de lixo no saguão do quartel, sai de peito nu, claudicante, estira-se ao pé da única árvore que confronta a aridez daquele pedaço do mundo. Corpo e alma se apartariam por um copo d'água. Se Raimundo espremer os miolos há de se lembrar do que fez para beber e meter-se no caminhão de cana, e lá está ele, pernas para fora da caçamba, atravessando às avessas caminho já percorrido até o Engenho Santo Onofre. Ele salta e saúda o motorista. Pisa a terra de seu patrão com vontade de correr, e correria se pudesse, num pulo estaria na casa da mãe.

Aproxima-se, estranha, parece trancada, janelas fechadas. Bate, chama. A casa está vazia.

Raimundo encontra força para caminhar até a casa de Severino. Bate à porta. Abrem, dizem-lhe alguma coisa, ele agradece e senta-se no degrau da pequena varanda. Recostado no pilar, fatigado, não vê passar o tempo. Surpreende-se porque é noite quando a caminhonete o desperta. Severino e Olga trazem compras. Ele se dirige ao capataz e sua mulher para saudá-los e ajudar a descarregar. Seus olhos estão vazios e Olga percebe:

"Tua mãe e tua irmã foram embora. Deixaram a casa fechada. Desapareceram."

Raimundo congela. Severino explica:

"Tu tem que ir embora. Tua mãe e tua irmã já foram. Fugiram. O patrão ficou furioso com a tua traição. Pedi pra ele convencer os militares a te soltar. Iam te matar. Tu sabe, né? Eu disse que tu fez o que fez pela Beata. Foi, né?"

Raimundo está quieto. Olga intervém:

"Que situação mais triste. Todo mundo pensou que tu não voltava mais. O importante é que tu tá de volta. Deus seja louvado."

Severino olha de perto a cicatriz no rosto, subindo à cabeça de Raimundo.

"Isso tá feio que só a porra. Tu tá botando remédio nisso, tá? Tá cuidando? Não tá parecendo, não."

Raimundo abaixa a cabeça.

"Vamo entrar, Raimundo Nonato. Tu come alguma coisa, descansa e vai embora amanhã. Vou te dar um dinheiro pra tu te sustentar até conseguir trabalho."

Eles entram, deixam as compras na cozinha e na sala. Uma criada ajuda a guardar aquela abundância. Severino puxa Raimundo pelo braço até a janela.

"Conheço uma pessoa que tá precisando de um serviço. Tu pode levar a tua égua, a Margarida. Depois tu vende ela e compra roupa. O primeiro pagamento deve dá pra um carrinho velho. Nosso ofício exige três coisas: arma, carro e coragem. Falta só o carro. Tu sabe dirigir, e tua arma, eu guardei pra tu."

"Num tenho camisa, Severino."

O dia mal raiou e Raimundo vestido dos pés à cabeça está montado na égua, cascos no barro, céu azul-clarinho. O sol já deu as caras quando ele chega à casa da Beata.

Ela abre a porta. "Tu não pode vir aqui."

"Eu sei, mas tinha que vir."

Entram na sala colorida e comprida, olor de café fresco.

"Pedir sua bênção."

Ela segura o rosto desfigurado. Dá-lhe um beijo e conta fato e sonho num só enredo como deve ser.

"O moço conseguiu fugir. Sonhei com um carro amarelo. Uma estrada vazia. O destino vai dar a ele a chance de te devolver o bem que tu fez a ele. A corrente dos irmãos não vai se quebrar."

"Eu precisava perguntar à senhora, fico pensando nisso, a cabeça fica dando volta: a senhora disse que vou viver duas vidas e que eu vou saber a hora de trocar uma pela outra. Como é que eu vou saber que chegou a hora?"

"Tu vai saber."

"Como?"

"Não vai ter nenhuma dúvida."

Ela continua:

"Vou te dar umas ervas pra curar tua ferida."

Tratado e reconfortado, Raimundo aperta nas suas as mãos da Beata e parte. O primeiro passo é vender Margarida na feira do povoado e procurar transporte que o leve ao serviço. Tudo demora. Só dois dias depois passa o ônibus certo.

Raimundo desce do ônibus empoeirado com uma pequena mala, mais arrumado que de costume. Chove. Olha para os lados, procura se localizar, anda um pouco e entra num armarinho. Uma senhora sai a seu lado e, na porta da loja, sob a proteção da marquise, aponta. Ele agradece e segue no rumo indicado.

Raimundo, encharcado, a cicatriz ainda cravada no rosto, está diante de um pátio com dezenas de carros velhos. No fundo, há uma saleta iluminada — o temporal escurece o dia —, onde estão dois homens: o patrão, Ismael, sentado atrás de uma mesa, repleta de papéis, e Grilo, o empregado, arrumando dezenas de chaves. Raimundo caminha até lá, não há como evitar a lama.

"Seu Ismael?"

"Que foi?"

"Sou Raimundo Nonato, vim lhe procurar a mando de Severino, do Engenho Santo Onofre."

Ismael examina Raimundo dos pés à cabeça e ordena:

"Grilo, vai comprar cigarro."

Ismael bate na mesa com uma nota de dez cruzeiros. Grilo a recolhe, joga uma capa preta sobre a cabeça e sai aos saltos.

"Puxa a cadeira. Senta aí."

Raimundo obedece. Ismael, em silêncio, olha para ele.

"O senhor tem um serviço pra mim?"

"Severino falou bem de tu. Ele é um amigo de muitos anos. Da família. Praticamente."

Cala-se e encara Raimundo.

"O senhor pode confiar. Meu serviço é limpo, certeiro, sem disse me disse, sem volta."

Ismael retira uma fotografia da gaveta, coloca-a sobre a mesa, virada para Raimundo, que a observa.

Ismael vira com força a foto, estapeando a mesa, como fizera com o dinheiro. No verso da foto, lê-se:

"Nome: Belmiro Constante. Residência: Rua Peregrino, 14. Escritório: Avenida Getúlio Vargas, 290, sala 202."

Raimundo lê com atenção e põe a foto no bolso.

"Pagamento só depois do serviço feito."

"O pagamento é agora."

"Tu é metido, hein, moço? Tá pensando o quê? Não tem reputação, não tem nada. É depois."

"Depois eu vou estar longe. Não vou ficar rondando por aí."

Ismael encara Raimundo, que lhe devolve a carranca. Ficam assim.

"Tá certo, moço. Gostei de tu. Parece que tu sabe o que tá fazendo."

Ismael tira um maço de notas e bate com ele na mesa, como fizera antes, duas vezes.

"Pode guardar. Não quero, não."

"Tu não disse que..."

"Quero um carro."

"Carro?"

"Pode ser velho, se aguentar o tranco."

Raimundo e Ismael, enrolados em capas pretas, serpenteiam entre os carros. Raimundo entra num deles, o dono lhe passa a chave, liga, a fumaça envenena a atmosfera úmida ao redor. O carro tosse, mas parte, afinal, meio trôpego e grogue. Afasta-se do pátio enlameado e mergulha na cidade.

Branca e Eugênio

Raimundo dirige, ouvindo música nordestina, gravada em fita cassete. Observa a paisagem ao lado da via asfaltada. A cicatriz. Observa-a no retrovisor do carro.

Reduz a velocidade, liga o pisca-alerta e entra num posto de gasolina. O restaurante é amplo e está lotado de caminhoneiros. Vai ao banheiro e examina de novo o estado agravado da cicatriz.

Volta ao salão e entra na fila para servir-se. Feijão-de-corda, carne de sol, macaxeira, manteiga de garrafa. Escolhe água mineral. Ele não bebe álcool. Carrega a bandeja até a única mesa vazia, senta-se e, antes de lançar-se ao prato, contempla o salão. Seus olhos passeiam por Branca e Eugênio, e não se fixam neles. O casal é a última imagem que Raimundo vê antes de encarar o almoço tardio.

Branca está acima do peso, é pouco mais velha que Raimundo, modos masculinos. Eugênio deve ter a mesma idade que ele. Eles raspam os pratos com gosto. O homem e a mulher mal se falam, mal se conhecem. Ela indaga:

"Terminou?"

Eugênio faz um sinal afirmativo com a cabeça, ainda mastigando e bebendo refrigerante. Engole depressa para se antecipar:

"Deixa que eu pago."

"Claro que tu vai pagar. É o mínimo."

O casal sai do restaurante. Na outra ponta, Raimundo se lambuza.

Branca dirige na velocidade máxima que o veículo alcança. Não é muita, mas o suficiente para pôr em risco sua vida e a de Eugênio, escondido no fundo, apenas com a cabeça para fora do forro. Todo o espaço da Kombi amarela é preenchido por peles de jacaré e caixas com animais silvestres vivos, entre os quais cobras e lagartos.

Como os vidros estão abaixados, em razão do calor — o sol abrasador estala o esmalte da Kombi —, Eugênio e Branca têm de gritar para se comunicarem.

"Você não acha que tá correndo muito? Tá arriscando sua vida e a minha."

"Tua vida tá em risco de qualquer jeito. A minha também."

"Esse calor vai me matar. Se o cheiro não matar antes."

"Prefere morrer à bala? Ou com a cabeça cortada?"

A estrada semideserta afasta-se da via principal e se desvia para o interior. Às margens, plantações e terrenos vazios de onde camponeses foram expulsos, as terras expropriadas para grilagem. A Kombi segue sua trajetória sob o sol do meio-dia.

O asfalto cada vez mais deteriorado. Buracos aumentam em diâmetro e profundidade, à medida que se avança. A velocidade média agora é baixa. A Kombi sobe e desce as corcovas do chão, treme, circunda aqui e ali os obstáculos, até que, máquina e tripulantes exaustos, cai numa cratera. Impossível reerguê-la. Ela pende para o lado direito, quase tomba.

A operação de resgate de Eugênio é laboriosa, mas Branca logra puxá-lo para fora. Os dois encaram a cena perplexos e impotentes. Agem e falam num frenesi. Eugênio, o crítico:

"Não foi uma boa ideia."

"Puta que o pariu, se eu for encontrada com um subversivo caçado pelos militares, tô fodida."

"Ninguém vai me identificar. Pior vai ser pra mim, ser achado nesse fim de mundo com uma traficante de maconha."

"Me ajuda a soltar os bichos e carregar a erva. Melhor a gente ir junto. Minas Gerais fica pra lá."

"A pé?"

"De avião, babaca. Ou tu prefere navio? Claro que é de carro, cacete. Ou ônibus ou caminhão, o que passar primeiro. Você se esconde no mato e eu fico esperando na estrada. Faço sinal. Alguém vai ter de parar."

Não há vivalma até onde a vista alcança. Ela detalha o plano:

"Dependendo, eu peço carona e chamo você."

"Pelo menos deixa a maconha aí no mato. Como é que você vai carregar?"

"A gente tá nisso junto, parceiro, e vai sim carregar tudo o que der pra carregar. Eu me arrisquei, dando carona a um fugitivo. Tu aceitou a carona mais perigosa de tua vida, porque era isso ou morrer. Nunca te enganei. Tu veio porque quis."

"Carregar maconha, não. Não me mete nessa fria, Branca. Não tenho nada com droga, não gosto de maconha, acho isso tudo o lixo do capitalismo. Veneno burguês pra alienar a juventude."

"Não fode, porra. Segura aí."

Branca e Eugênio soltam os bichos. Ele, intelectual que se proletarizou por ideologia, missionário do socialismo, faz tudo com nojo e pavor. Ela, com intimidade. Enchem duas mochilas de maconha e Eugênio se embrenha no mato.

Eles esperam com paciência, ela com o sol na cabeça, ambos esgotando as garrafas d'água que trouxeram do restaurante.

O carro de Raimundo aproxima-se da Kombi quebrada, reduz a velocidade e para, diante da mulher que acena.

Ele sai do carro, observa Branca e a Kombi.

"Essa merda de estrada. Dá uma carona?"

"Pra onde?"

"Pra onde tu for."

"Entra aí."

Ela assovia com dois dedos na boca. Eugênio sai do mato sem as mochilas, espanando com as mãos o mato grudado na roupa.

"Sou Eugênio, ela é Branca. Prazer."

Raimundo esboça leve cumprimento, mas não diz seu nome. A mulher dirige-se a Eugênio.

"Pega lá a bagagem."

Eugênio olha pra ela como quem quer reclamar mas não pode. Sai, se interna no matagal e volta com duas mochilas enormes e muito cheias, fazendo grande esforço.

Raimundo o espera ao lado da mala do carro.

"Pode fazer a gentileza de abrir a mala?"

"A mala tá cheia. Bota no banco de trás, ao lado da minha maleta."

Todos se ajeitam. Eugênio se aperta no banco de trás, Branca vai na frente. Antes de entrar, ela espia com o canto do olho a cicatriz de Raimundo.

Quebra o silêncio: "Tá indo pra onde?".

"Espírito Santo."

"Muito chão pela frente."

O carro avança na estrada esburacada por uns bons quilômetros. Aos poucos, a qualidade do asfalto melhora. Ninguém diz coisa alguma. O carro entra num posto de gasolina e estanca perto do banheiro.

Raimundo, à guisa de desculpa: "Beber água no almoço dá nisso. Já volto". Sai em direção ao banheiro.

Eugênio sente-se liberado para tagarelar:

"Tá apertado aqui que só a porra. Esse cara não fala. Será que é policial? A gente tá se arriscando muito, Branca. Vou esticar as pernas e ver se não dá mesmo pra botar pelo menos uma das mochilas na mala. Branca, abre aí a mala."

Branca estica a mão até a alça que aciona o mecanismo e a destrava.

Eugênio sai do carro. Aproxima-se da mala do carro e a levanta. Fecha-a com força no mesmo movimento.

Eugênio entra no carro tão rápido quanto possível. Sussurra:

"Caralho. Puta que o pariu. Tem um corpo na mala."

"Tem o quê?"

"Uma pessoa morta."

"Um corpo?"

"Foi o que eu disse. O homem é um assassino."

"Puta merda."

"Caralhos me fodam: um fugitivo político, uma traficante e um assassino. Juntos no mesmo carro. O pacote tá pronto pra polícia."

Branca respira fundo: "Debaixo de sol. O cadáver e a maconha vão ferver, vão feder, esse carro vai pelos ares".

"Esse cara é muito esquisito. Você viu a cicatriz? O que é que a gente faz?"

"Eu é que sei?"

"Você é mais experiente, mais velha."

"Vai tomar no cu."

Raimundo volta ao carro.

Seguem num silêncio esticado até o limite. Eletricidade no ar. Cada qual pensando em seu fardo.

"Vou deixar vocês na próxima cidade. Tenho um assunto pra tratar", é o que ocorre a Raimundo dizer-lhes. A Branca, ocorre discutir a relação:

"Tu ainda não disse teu nome."

"Alencar", saca Raimundo da algibeira.

"Pois é, Alencar, daqui a pouco teu defunto vai começar a apodrecer. O sol tá muito forte. É melhor tu desovar ele por aqui mesmo."

Segue-se um silêncio perturbador. Eugênio dá um soco sutil no ombro de Branca e intervém:

"O que ela quis dizer é que nós três estamos juntos nessa."

"Eu não preciso de ninguém pra dizer o que eu quero dizer."

"Branca, Alencar tá fazendo um favor, tá sendo gentil com a gente, e quando você fala assim, pode dar a impressão de que a gente se acha melhor do que ele. Todos nós temos os nossos lados sombrios."

Branca não gosta da poesia:

"Lado sombrio é o caralho."

"Nossos pecados. Lado sombrio são os nossos pecados."

"Tu é subversivo ou coroinha, Eugênio? Sério, agora me diz, tu é mesmo comunista ou tu é padre? Tu jogou pra cima de mim essa conversinha da fuga, da perseguição, pra quê?"

"Não é conversinha."

Branca retoma o controle:

"Tá vendo, Alencar? Pronto, tu carrega um corpo na mala e esse rapazinho aqui é um padre. Ele pode dar a extrema-unção e fazer o enterro contigo."

"Sou comunista, a polícia tá atrás de mim."

Raimundo, a jugular inflada, para o carro. Dirige-se a Eugênio:

"Sai do carro."

"Por favor, seu Alencar, não faz isso não. Como é que eu vou ficar, aqui, no meio da estrada?"

Raimundo contesta:

"Pega outra carona."

"O que a Branca disse é verdade. A polícia tá atrás de mim."

"Eu ouvi. Por isso, tô mandando tu sair. Já tenho problema demais."

"Tá bom, eu saio. Saio e deixo você só com a Branca, assim você não vai ter mais problema."

Branca reforça a ordem de Raimundo:

"Vai logo, Eugênio."

"Tá certo. Eu vou."

Eugênio desce do carro e diz, pela porta de trás, aberta, e pela janela da frente:

"Deixo vocês com o morto e os vinte quilos de maconha."
Branca: "Tu é um filho da puta".
Agora é a vez de Raimundo:
"Que porra de maconha é essa?"
Eugênio responde:
"Abre as mochilas, dá uma espiada."
Raimundo volta-se para Branca:
"Sai. Sai e leva tua carga."
Raimundo sai do carro, abre a porta de trás e joga as duas mochilas na estrada.
Branca, a cartada final:
"Tu tá cometendo um puta erro, Alencar. A gente podia se ajudar, em vez de brigar. Tu me leva aonde eu tô indo, eu divido meus ganhos contigo, tu salva a vida do comunista, e ele te ajuda a cavar a cova do infeliz. Não é isso, Eugênio?"
Raimundo prepara-se para retornar ao carro e deixar os dois na estrada, quando observa que se aproxima uma caminhonete da Polícia Rodoviária Federal. A viatura estaciona na frente do carro. O policial desce e indaga:
"O que é que tá acontecendo?"
Nessa hora, a mulher é mais confiável:
"Nada, seu polícia. Tá tudo nos conforme. A gente só tava trocando o pneu. Já tá trocado. Por isso a gente tirou a bagagem, pro carro ficar mais leve. Não foi, Alencar? Vamos lá, pessoal, todo mundo a bordo."
Raimundo hesita por um instante, mas entende que está nas mãos dos dois, assim como ambos estão nas suas mãos. Ele joga para cima do banco as mochilas, entra rápido no carro, assim como os outros. Mas o policial insiste:
"Peraí. Isso não é assim, não. Motorista, passa os documentos."
Raimundo lhe entrega os papéis. O policial olha a placa, olha bem para Raimundo.
"Seu José de Alencar, eu vou dar uma geral no carro."

Branca salta e puxa o policial para um ponto mais distante. Raimundo e Eugênio congelados, dentro do carro. Os dois veem Branca falando com o sujeito, gesticulando. Ambos se dirigem à caminhonete da PRF, ao lado da qual Branca entrega, discretamente, algumas notas ao policial. Ela retorna séria e célere, suando muito. Entra no carro.

"Vai, Alencar, arranca. Vamo embora, homem, acelera."

O carro dispara. Silêncio. Eugênio continua agitado:

"Branca, eram duas mochilas e o bolsão, certo?"

Ela olha pra trás, preocupada, e Eugênio gagueja:

"Cadê o bolsão?"

Branca se desespera:

"Porra, tu tá de sacanagem. Caralho."

"Que merda", os dois falam ao mesmo tempo, acusando-se mutuamente e repetindo as frases: "Como é que tu faz uma coisa dessa? Quer foder com a gente?".

"Eu? Por que eu? Você não estava lá?"

"Alencar, o gênio aqui deixou uma porra duma bolsa na estrada."

"Eu o caralho, ela, ela é que é a dona dessas merdas."

"Deixou de presente pro policial."

Resta a Raimundo pouco a dizer: "Merda".

Branca deduz: "O cara deve estar vindo atrás da gente".

Eugênio tenta pensar: "Melhor pegar uma estrada vicinal".

"Tarde demais", diz o motorista.

Branca fala por todos: "Caralho".

Eugênio olha para trás e vê um veículo crescendo, aproximando-se. A viatura liga o giroscópio e a sirene, passa o automóvel e o fecha, até parar no acostamento.

Eugênio não vê saída: "O que é que a gente faz agora?".

Raimundo não precisa responder. Branca se adianta: "Cala a boca".

O policial com a mão no coldre desce da viatura.

Nesse instante, Raimundo acelera o quanto pode, quase atropela o policial e avança, veloz. Não dá para saber se ele teve tempo de atirar. Pelo espelho retrovisor, o motorista vê o policial entrando na viatura, que inicia a perseguição. A distância ainda é grande.

Eugênio, de novo previsível: "Corre que ele vem atrás da gente".

"Meu carro não tem condição de disputar corrida com uma viatura."

A estrada é estreita e está quase deserta. Dois carros passam em sentido inverso. Não há nenhum veículo entre a viatura da PRF e o carro de Raimundo. Sem aviso, jogando os caronas de um lado para outro, o carro de Raimundo freia, dá um cavalo de pau, põe-se de frente para a viatura e parte em sua direção a toda a velocidade.

É Branca quem fala, talvez porque Eugênio esteja em choque: "O que é que tu tá fazendo, Alencar?".

O carro avança a toda e se aproxima da viatura, que corre em sua direção.

Eugênio encontra um fio de voz: "O que você vai fazer, cara?".

Um veículo ruma para dentro do outro.

Ainda ele: "Pelo amor de Deus, Alencar. Não quero morrer assim, não, homem. Para. Para, porra".

Um segundo antes da colisão frontal, a viatura da PRF desvia-se e capota. Eugênio olha para trás, acompanhando o desfecho. Reúne forças para concluir: "Tu é louco".

Agora é a vez de Branca: "Mais louco do que eu. Mais louco do que eu pensava".

Eugênio não consegue dizer uma palavra. Mas a mulher saúda o motorista: "Doido e macho".

Raimundo está lívido e segue dirigindo. O carro dobra numa estrada vicinal e toma o caminho da roça.

E lá estão os três cavando a sepultura na falha seca da mata. O sol, alto ainda, esfola as costas dos homens. Os ombros de

Branca ardem. A mala do carro está aberta. Enfim, lançam o corpo no buraco e retornam ao veículo. O rosto de Raimundo contrai-se, a ferida está pior.

Parece a Eugênio sensato indagar: "Você anda sempre com uma pá?".

A Branca resta o óbvio: "Profissional".

Raimundo se apoia no carro, pálido.

"Toma uma água, Alencar. Pega pra ele, Eugênio. Tem uma garrafa na mochila."

Eugênio estende a mão com a garrafa:

"Tua cara não tá nada boa."

Raimundo, sentado a seu lado. Ele passa um lenço molhado no pescoço e na cabeça. Está com a garrafa d'água na mão. Eugênio, no banco de trás, tenta ler o mapa.

"Bebe essa água, homem. Eugênio, presta atenção, o Alencar tá mal, essa ferida tá ruim, o cara tá febril, deve estar desidratado, a gente tem de achar um médico, um pronto-socorro, uma farmácia, pelo menos alguma cidadezinha por aí."

Eugênio é quase profissional em matéria de cartografia:

"Encontrei. A gente tá perto. Uns trinta quilômetros daqui. Vamos subir a serra."

"Do que tu tá falando? Cidade?"

"O convento. Não venho aqui há muito tempo, mas os frades me conhecem."

"Sabia que tu era padre."

"Não sou. Eles ajudam minha organização."

Enquanto Raimundo cruza pra lá e pra cá os limites entre a consciência e o delírio, aproximam-se a noite e o convento, rústico e velho, porém sólido e imponente, como a noite nas divisas do sertão. O carro estaciona em frente ao prédio, cercado por mata cerrada.

Raimundo desperta num quarto maior que o seu, maior que a cela. Escuta uivos de lobos. Não sabe se está sonhando. Vê a varanda inundada pelo clarão da lua, sob um céu estrelado. Arrasta-se até ali, sente o frescor no rosto, intui lobos circundando as árvores de raiz profunda. Volta à cama e vê mãe e irmã, deitadas a seu lado, na casa do Engenho. A mãe ergue a cabeça e metade do tronco:

"Tu foi longe, meu filho. Volte pra casa. Tem onça e demônio solto nesse mundo."

Raimundo adormece.

Eugênio abre a janela para o jato de luz. Raimundo desperta. Na mesinha, uma bandeja repleta.

"Trouxe café da manhã. Bolinho de milho, café com leite. O frade Marcelo, que é meio médico, meio bruxo, veio tratar sua ferida. Acho que te deu um chá pra apagar. Tem que comer alguma coisa, Alencar. Ontem, você dormiu o dia inteiro."

Raimundo, de cuecas, sem camisa, senta-se na cama, serve-se de café e pergunta a Eugênio, que está numa cadeira em frente:

"O que é que tu veio fazer no Nordeste?"

"Lutar por justiça. No Rio de Janeiro, também se vê injustiça por todo lado, mas com os trabalhadores do campo a exploração é maior. Toda essa gente sempre viveu entocada no sertão, com medo da violência dos coronéis e seus jagunços. Isso tá mudando. O medo tá mudando de lado. A ditadura está mais violenta porque as pessoas estão tomando consciência. Que a espada de são Jorge feche meu corpo."

Raimundo responde:

"E meus caminhos se fechem pros meus inimigos."

Eugênio é atravessado por um raio:

"Você conhece a Beata?"

Raimundo levanta-se e caminha até a janela, apoia as mãos no parapeito. Contempla a paisagem. Esse movimento exibe suas costas, a tatuagem da Beata, a rasga-mortalha. Ele encara o outro e lhe atira a resposta:

"O que tu sabe de justiça e da vida do povo? Gente como tu e meu pai levam as pessoas pra morte. Olha aqui."

Raimundo suspende o maxilar, a cicatriz no rosto ainda purulenta.

"Foi isso que eu ganhei desviando os milicos do teu caminho. Só quero que meu destino nunca mais se cruze com o de gente como tu."

"O destino é outra coisa, Raimundo. É coisa que a gente faz. Agradeço por você ter feito o seu, me salvando, pra que eu possa fazer o meu. Quero que o meu seja de vida, não de morte, nem minha, nem de tantos que morrem como bichos no sertão."

Eugênio tira a camisa e mostra sua tatuagem, exatamente igual à do outro.

No futuro, essa manhã não será esquecida, porém do que mais se disse não restará registro, os gestos, as pequenas cerimônias do adeus, frades, cestas de pães e frutas, água pro caminho e a beberagem feita de ervas pra curar a ferida.

Dentro do carro, já em movimento, Branca e Raimundo, ele ao volante:

"Meu nome é Raimundo Nonato."

Branca olha para ele, que continua:

"Vou te levar."

Branca tasca-lhe um beijo na bochecha, segurando seu rosto com as duas mãos, como a mãe faria com seu filho.

Circundando a mata espessa, a estradinha estreita ofusca e arregaça a visão panorâmica da serra, como o fole da sanfona que abre e fecha, o convento já pequeno, única obra humana, andor sobre o verde selvagem. O carro de Raimundo percorre, lá embaixo, a trilha sinuosa.

Branca, o mapa no colo:

"Santa Cecília tá aqui."

"Quanto?"

"Deixa eu ver. Mais ou menos quatrocentos quilômetros. Um bocado de chão."

"Grande?"

"Uns trezentos mil habitantes. Não é grande."

"Pra mim, é."

"Depende."

"Pra vender maconha, deve tá de bom tamanho, né? Tu compra no Nordeste e vende lá na tua cidade?"

"Não é minha cidade. Sou do Sul. Acabei indo pra lá porque conheci o Jota Gonzaga."

"Teu marido?"

"Que marido, nada. A gente tem negócio no Pará, no Maranhão, em Pernambuco, nas Alagoas, na Paraíba e na Bahia. Cada safra é num lugar."

"Esse pouquinho que tu traz compensa tanta viagem?"

"Não."

"Ele é teu namorado?"

"Compensa não."

"Amante?"

"Só que não fui comprar."

"Sócio?"

"Tu tá pensando que eu sou mula, é? Sou não."

"Tu tá me enganando. É amante, sim."

"Olha, Raimundo, presta atenção: fui comprar não."

"Então é marido mesmo."

"Fui receber um pagamento."

Raimundo dá uma olhada na interlocutora.

"Receber?"

"É."

"Receber dinheiro?"

"Vou falar a verdade pra tu."

"Ahn."

"A gente é amante, sim, mas não é só isso."

Ela se vira de costas e pega, fazendo força, uma mochila que estava no banco de trás. Abre só um pouco.

"Olha."

Maços e maços de cem dólares.

"Pensei que tanta grana assim as pessoas só levavam em avião."

"O avião da firma deu problema, fiquei com medo de alguma sacanagem, aí arranjei uma Kombi... É uma história comprida."

Silêncio. Nos poros da mata lâminas de claridade.

"Não gostava nem um pouco de carregar maconha no meu carro. Mas agora tô preocupado. Grana é a droga mais perigosa que tem."

Ele para de falar para se dedicar com esmero à curva de noventa graus e continua:

"Então o policial rodoviário que capotou tá rico?"

"Se não morreu, tá rico. Tinha uns duzentos mil dólares na sacola que caiu na estrada."

"Tu não acha perigoso andar com tanto dinheiro?"

Branca dá de ombros. Ele prossegue:

"Tu nem me conhece direito."

"Ninguém conhece ninguém direito."

"Esse Jota."

"Jota Gonzaga."

"O dinheiro é dele?"

"Uma parte é minha."

"Nem ele tu conhece direito?"

"Ele não vale nada."

"Mesmo assim tu traz um monte de dinheiro pra ele, arrisca o pescoço por um cabra que..."

"Se ele quiser aprontar, não vai ser pelo dinheiro. O Gonzaga não precisa. Tem tudo o que tu imaginar. O sujeito manda na cidade."

"Vê aí onde fica o posto de gasolina. O tanque tá quase vazio."

Linda e Gregório

A cidade, o vasto painel noturno.

Raimundo dorme no banco de trás, cercado por frutas, acomodado sobre uma mochila, ao lado de sua maleta. A outra mochila está no banco da frente. Branca diz:

"Alencar... Raimundo, a gente já tá em Santa Cecília."

Ele se estica até sentar-se.

Para dentro da cidade, ela pisa, pisa fundo, a paciência esgotada, o cansaço, a espera. Para dentro, veloz. Não há sinais, ruas desertas, escuras, um cão desdenha o automóvel que reluz e passa. O carro estaciona diante da pequena casa no bairro residencial. Os dois descem e descarregam. Raimundo leva a cesta de frutas dos frades e as mochilas para dentro da casa de Branca.

Na porta, despedem-se. Ele estende a mão, ela lhe beija o rosto.

"No bairro das Gaivotas, procura a rua Ramires Navarro. Ali tem pensões baratas. Fica com o mapa da cidade."

Raimundo volta ao carro. Ela se aproxima da janela e diz, baixinho, sorrindo:

"O cabaré da cidade também fica nessa rua."

Raimundo foi poupado nas últimas horas e concorda com Branca. Acha que merece distrair-se um pouco.

O cabaré está escuro e a luz negra impressiona quem vem do sertão mais remoto. Mulheres seminuas dançam no palco enquanto os homens circulam, copo na mão, alguns dançando com meninas da casa.

Linda sentou-se à mesa de Raimundo, pedindo-lhe licença com leve movimento da cabeça. Só ela bebe o uísque barato.

"Com água mineral, não há quem se anime."

"Não gosto de bêbado nem de baderna. Onde tem um, tem o outro."

"Tu parece meu avô."

Ela sorri e vira um gole.

"Meu nome é Dalva. E o seu?"

Linda sorri e segura a mão de Raimundo sobre a mesa.

Um homem sobe no palco e agarra uma das dançarinas. Ela o repele, ajudada pelas demais. O homem empurra as moças. Uma delas joga-o fora do palco. Outros três camaradas, tapas, pescoções, cabelos puxados, atacam as meninas, simulando estupros para humilhá-las, vingando o amigo, que volta ao palco cambaleante.

Gregório, leão de chácara, negro forte, bem acima do peso, boxeur, ex-PM, entra correndo no salão, sobe no palco e afasta os homens. Alguns resistem, mas logo desabam com os socos profissionais de Gregório. Outros homens assistem, Raimundo vai ao palco ajudá-lo. Apesar de magro e mais baixo, não tem sangue de barata. Os dois derrubam os agressores, atiram-nos do palco e depois os empurram para fora do estabelecimento. Um deles é retirado pelos demais, desacordado.

Linda e as meninas que dançavam no salão ou serviam as mesas juntam-se às agredidas para lhes prestar socorro e conforto.

Gregório estende a mão a Raimundo.

"Obrigado."

Raimundo mantém-se calado.

"Gregório, prazer."

"Raimundo."

Moças levam toalhas e bebidas para Gregório, outras, lideradas por Linda, dão atenção a Raimundo.

A música não parou de tocar.

O show termina, mas os serviços continuam funcionando até quase o amanhecer.

Linda e Raimundo permanecem juntos. De vez em quando, Linda tasca-lhe um beijo. Ele não reage com entusiasmo. Tampouco recusa os agrados.

Raimundo e Linda são os últimos a sair. Gregório não pode ir embora antes do último cliente. Portanto, saem juntos os três.

Depois de trancar a porta, despedir-se de Raimundo e Linda, e caminhar até a primeira esquina, Gregório é atacado por três homens com barras de ferro e soco-inglês. Ele reage à bala, mas os agressores o atingem.

Raimundo corre na direção do conflito e dá cinco ou seis tiros pro alto. Um dos agressores, já em fuga, parece que se feriu e é carregado pelos comparsas.

Gregório está bastante machucado. Raimundo o ajuda a arrastar-se até seu carro, onde Linda os encontra. Ela chora, tenta consolar Gregório, passa um lenço em sua testa para que o sangue não escorra para os olhos. Ela e Gregório entram atrás, Raimundo dispara para a emergência do hospital. Raimundo nem sempre se cala, quem mal consegue pronunciar uma palavra é a vítima:

"Fica tranquilo, Gregório."

"Tu tem a força e a esperteza da onça. Tu é meio homem, meio onça."

"Ó Dalva, Gregório, nenhum de nós sabe quem atirou. Na confusão, não deu pra ver. Vou sair da cidade por um tempo."

"Tu vai embora?"

"Eu tinha mesmo que viajar pra um serviço."

"Olha, Raimundo, meu nome não é Dalva, é Linda."

Raimundo deixa os dois na entrada da emergência e parte, veloz, com os faróis apagados. Pensa na mulher. Teme que o homem não resista, embora grande e forte. Sabe que a mãe faria uma oração. Essa lembrança é seu jeito de rezar.

Linda reza o terço no corredor. Levaram Gregório para a sala de cirurgia.

O carro de Raimundo estaciona no motel barato, à beira da estrada, na saída da cidade. Ele se dirige ao balcão de atendimento. Assina, paga adiantado, recebe a chave, entra um pouco trôpego no quarto, acende a luz, joga a maleta e a arma na cama, corre ao banheiro e vomita.

Lava o rosto, olha no espelho a cicatriz, volta ao quarto. Examina a arma. Abre o tambor, gira. Não há bala. Dá-se conta de que está sem munição. A arma é parte essencial de seu corpo. Guarda o revólver na gaveta da mesa de cabeceira.

Abre a maleta e se depara com um maço de dólares. Atira as notas na cama, indignado.

"Filha de uma puta, eu disse que não sou ladrão nem tô à venda. Tá me pagando por quê? Caralho. Não sou motorista dessa filha duma égua. Tá fazendo caridade?"

Senta-se na beira da cama, de cabeça baixa. Pensar dói a essa hora. Apesar da exaustão, levanta-se, mete o maço na maleta, depois de tê-la esvaziado, fecha-a, pega o mapa, as chaves do carro, do quarto, e sai.

"Ela vai engolir essa merda."

O carro de Raimundo estaciona em frente à casa de Branca. Quando ele desce com a maleta, ouve um grito. Aproxima-se ligeiro do portão aberto. Ouve mais gritos. Voz feminina. Outros ruídos, objetos sendo quebrados, móveis arrastados, pancadas, choro. É a voz de Branca.

"Para. Para, seu porco, covarde, assassino."

Mais pancadas e barulhos estridentes. Raimundo deixa a maleta num canto e força a porta da frente, mas está trancada.

Corre ao redor da casa, procurando alguma entrada alternativa. As janelas estão fechadas. Chega à cozinha, cujos basculantes, largos, podem ser alcançados se Raimundo subir na caixa-d'água. É o que ele faz. Consegue empurrar os basculantes, abrir o espaço suficiente para passar.

Os gritos prosseguem, com mais intensidade e desespero.

"Não. Socorro. Filho da puta."

Raimundo busca uma faca nas gavetas. A cozinha está escura. É quase impossível enxergar, mas, enfim, ele encontra uma comprida, de churrasco.

"Não roubei, juro que não."

Pancadas violentas.

Raimundo avança, seguindo o som. Entra na sala, a luminária de mesa acesa parece ser o único objeto preservado. O interior da casa subitamente fica silencioso. Ele teme o pior e se apressa, tropeçando em objetos espalhados pelo chão. Atenta para o barulho que faz, naquele momento o ruído anuncia sua presença. Passa ao corredor e vê, no fundo de um quarto, Branca desmaiada, ou morta.

Raimundo corre em sua direção. Ao entrar no quarto, tudo escurece.

Ele desperta no chão, tenta se mexer. Está amarrado. Contrai-se de dor. A testa sangra. As imagens que divisa estão borradas. Leva tempo para que se tornem nítidas. Vê roupas rasgadas, vasos e aparelhos eletrônicos quebrados, a mesa de cabeceira, pedaços de um espelho caídos ao lado da cama. Nada mais. Entretanto, sente que há alguém próximo. Evita emitir qualquer ruído, quando escuta a voz masculina:

"Delegado Mota, quem fala é Jota Gonzaga. Isso. Delegado, mataram minha amiga, Branca. Cheguei a tempo de pegar o assassino. Tá aqui, amarrado, à sua espera. Pois é, muito triste, uma tragédia. Mas esse facínora vai receber o tratamento que merece."

Raimundo, com muito esforço, consegue virar-se para o lado em que está seu algoz. Visto de baixo, é um homem musculoso e alto, de seus cinquenta anos.

Toca o pager de Jota Gonzaga indicando o número para o qual deve ligar. Ele faz a ligação do telefone instalado no quarto.

"Sou eu. Você me mandou um recado. Pediu que eu ligasse. O que é que houve? Ahn, sei... Fala logo, cacete. Meu filho? Qual? Fala, caralho. O Zeca? O que é que tem? Tiro? Que hospital?"

Percebendo o movimento de Raimundo, Gonzaga dá-lhe um chute que o apaga novamente, e sai às pressas.

Raimundo acorda, mais uma vez. Está na mesma posição. Permanece imobilizado. Ouve passos e vozes. Um homem dobra-se sobre ele. Olham-se. Não se falam. O homem mexe em sua cabeça. Raimundo sente dor, geme, nota que o sujeito usa luvas. Há um falatório atrás dele, perto, mas ele não tem ângulo para ver. O homem o deixa e se dirige a outro ponto do quarto.

"Traz a maca."

Há mais alguém.

"Cuidado. Ei! Pera aí. Pega com cuidado. Ela tá viva."

"O doutor Gonzaga disse que tava morta."

"Tá viva, porra. Tô te dizendo."

Raimundo percebe movimentos frenéticos.

"Netinho, ô Netinho, chama a ambulância."

A consciência de Raimundo se eclipsa, novamente, numa nebulosa noturna.

No outro lado da cidade, pouco a pouco, os olhos de Gregório abrem-se. Linda, de pé ao lado da cama do hospital, segura sua mão e sorri.

Raimundo desperta no leito da enfermaria. Ele se esforça para levantar, mas sente dor na cabeça e a mão esquerda presa numa barra de ferro. Examina o ambiente. Compreende onde está e dá-se conta de que há um policial militar na porta. Recorda-se do que aconteceu.
"Ei! Ei! Aqui."
Raimundo acena. O PM aproxima-se.
"Dona Branca tá viva. Ela pode explicar o que aconteceu."
"Fica na tua. O doutor delegado tá na tua cola."

Em outra unidade, Gregório, já consciente, é atendido por uma enfermeira, que ajusta a medicação intravenosa.

Num quarto particular do mesmo hospital, o jovem Zeca dorme, sedado. De pé, em voz baixa, conversam Gonzaga, uma mulher e um médico.

Linda passa pelo corredor. Lê a indicação "cafeteria" e vira à direita. Caminha devagar, observando cada espaço. Agora Gregório tem de descansar. Só lhe resta fazer hora. Quando cruza a entrada de uma enfermaria, pelo vidro tem a impressão de ver Raimundo. O soldado PM está afastado da porta, conversando com uma enfermeira. Ela disfarça, olha de novo e entra. Corre até a cama de Raimundo.

Os dois sussurram. Ela se ajoelha para não ser vista, ao menos para não chamar atenção.
"Entendi, entendi. Mas como é mesmo o nome dela?"
"Branca."
Linda volta ao corredor, dirige-se ao balcão de informações e pergunta a uma atendente:
"Dona Branca. Não sei o sobrenome."
A funcionária consulta o livro de registros. Linda oferece mais informações.

"Ontem à noite, quer dizer, essa madrugada."
Linda volta à enfermaria em que está Gregório. Ele dorme. Puxa, levemente, a cortina que divide as camas e vê Branca, sedada.

Mais tarde, no saguão do hospital, Linda recebe sua colega.
"Rose, que bom que tu veio."
"Todas as meninas queriam vir, mas não dava, né?"

Na cafeteria do hospital, dois pares conversam. Um par não conhece o outro. Jota Gonzaga e seu advogado, de um lado, e, de outro, Linda e Rose. Estão em mesas próximas. Por isso, falam baixo, quase cochicham. Jota Gonzaga tem dificuldades em controlar-se. Ele e seu parceiro tomam café. As moças tomam refrigerante e comem sanduíches. Linda se abre com Rose:
"Tô muito nervosa. Tu não imagina o que aconteceu."
Jota compartilha sua exasperação:
"É foda, Michel. Meu coração tá saindo pela boca. Tenho que salvar meu filho e apagar essa vaca."
Linda fala o mais baixo que pode: "A vida do Raimundo tá na mão dessa mulher, tu entendeu?".
"E Gregório? Será que podem fazer algo contra ele?"
Jota continua: "Como é que faz? Tem alguém nosso trabalhando no hospital?".
Linda: "Ela tá do lado, do ladinho, tu acredita?".
Michel: "Se ela sair do coma, não pode falar com ninguém".
Linda: "A gente tem que ficar de plantão, vinte e quatro horas".
Rose: "Eu e tu, a gente reveza pra outra dormir, comer, ir em casa".
Jota: "Tem que fazer plantão".
Michel: "Não pode ser você. Ela pode se assustar, gritar. Pode complicar as coisas".

Rose: "Tu não conhece alguém na polícia? Tu não tinha um namorado?".
Linda: "Não vejo ele tem tempo. Nem é flor que se cheire".
Michel: "E se eu for o primeiro a falar e oferecer uma boa grana pra ela confirmar seu depoimento?".
Jota: "Branca não é mulher que se compre fácil, não. É tinhosa. O orgulho em pessoa".
Rose: "Então, só nós duas e Deus. O hospital autoriza que a gente...?".
Michel: "O jeito é mandar ela dessa pra melhor. Posso visitar na qualidade de advogado e trocar os remédios, injetar algum troço, sei lá. Já vi isso no cinema. É muito óbvio, mas funciona".
Linda: "Me apresentei como a mulher do Gregório. Poder ficar na enfermaria a noite toda, não pode, mas dá-se um jeito. Sabe como é".
Jota: "E a perícia, depois?".
Michel: "Tamo no Brasil, meu caro, esqueceu? Tem jeito pra tudo".
Rose: "Tu é jeitosa pra essas coisas".

Gregório caminha no corredor, de pijama e chinelo, amparado por Linda. A cama de Branca está vazia. Ele puxa conversa:
"Mais uns dias."
"O médico disse uma semana."
"Num guento mais."
"Falta pouco."
Andam em silêncio. Ele muda de assunto:
"Um policial esteve aqui, me fez umas perguntas."
Linda permanece calada.
"Tu tá bonita. Como sempre. Bonita e estranha."
"Normal."
O esforço faz Gregório concentrar-se em cada passo. Ele custa a quebrar o silêncio:

"Tá desanimada. Eu que sou o doente é que tenho de te animar?"

"Estão te acusando pelos tiros."

Gregório para e encara Linda, que prossegue:

"Um dos filhos da puta ficou paralítico."

"Eu fui policial, Linda. Fui PM."

"Tu me contou."

"Sei muito bem o que significa legítima defesa. Mesmo que eu tivesse atirado, eu seria inocente."

"Tu foi vítima daquele bando de filho da puta, isso que tu foi."

"Então, a gente não tem por que temer."

"O pai do cabra é importante, dono de terra, do jornal, da rádio, da polícia, dos políticos, dos juízes. Compra quem quiser na cidade."

Gregório abaixa a cabeça e senta-se num dos bancos do corredor.

Nesse momento, passa a maca conduzindo Branca, que retorna de uma cirurgia, com soro enfiado no braço. Ele pergunta:

"Tu conhece a moça?"

Linda senta-se ao lado de Gregório e fala baixinho.

Raimundo, com curativo na cabeça, é empurrado para dentro de uma cela escura, maior e mais alta, entretanto, do que a anterior.

Gregório levanta-se do banco com a ajuda de Linda e lhe pede:

"Vê se consegue um gravador pequeno. De doente pra doente, a conversa é mais natural. Assim que ela acordar, vou tentar puxar conversa."

"Seria o máximo."

"A gente mata dois coelhos, divulgando a gravação. Protege a mulher e impede que o tal fodão possa me sacanear."

"A gente mata dois coelhos se não matarem ela antes."

Poucas horas depois, uma enfermeira descobre Linda sentada ao lado da cama de Gregório, que cochila.

"A senhora não pode ficar aqui. As visitas começam às oito da manhã."

"Não sou visita, não, enfermeira, sou acompanhante. Da família."

"Mesmo assim. A permanência à noite só é permitida nos quartos particulares."

"Não daria pra dar um jeito, só essa noite?"

"Já pedi à senhora pra sair."

Linda se aproxima do rosto de Gregório, que acordou em meio à discussão, e sussurra:

"Agora é contigo. Tá na tua mão."

"Xá comigo. Vai tranquila. Vigiar e proteger é comigo mesmo. Tu tá falando com um profissional, Linda."

Linda dá-lhe um beijo e sai.

Na penumbra, Gregório se ajeita para ficar de olho em Branca, ainda sedada, e cai no mais profundo sono logo em seguida.

Michel, vestido de branco, entra, pé ante pé. Aproxima-se da cama de Branca, puxa as cortinas dos dois lados, devagar, sem fazer barulho. Examina com dificuldade, usando uma lanterna mínima, a bolsa que instila, gota a gota, o soro e os medicamentos. Tira do bolso interno do jaleco uma seringa com agulha, puxa o conduto preso à bolsa e nele injeta o conteúdo da seringa. Encaixa de novo o conduto na bolsa. Guarda a seringa no bolso. Volta-se e se afasta lentamente.

"Tu não presta, Michel. Tu é um assassino, igualzinho ao teu patrão. Filho da puta."

Branca mostra que havia retirado a agulha do braço e a mantinha apenas coberta pelo esparadrapo, como se estivesse espetada. Michel a encara, lívido, apavorado, sem saber o que fazer. Corre na direção dela, puxa o travesseiro sob sua cabeça e abafa-lhe a voz, tentando asfixiá-la.

Os pacientes ao redor despertam com a pancada forte dada por Gregório. Ele libera Branca do travesseiro e, apesar de tão fragilizado, esmurra Michel. Branca mal tem força para gritar por socorro.

Nem foi preciso continuar, porque enfermeiros e enfermeiras já estavam a caminho. Gregório se antecipa:

"Esse homem não é médico. Tentou matar a moça."

Branca, com imensa dificuldade, confirma:

"Assassino. É um assassino filho da puta. Tava tentando terminar o trabalho que o patrão começou."

A notícia corre e o episódio cumpre o trajeto das instâncias judiciais, até que o carcereiro abra a cela de Raimundo. Ele deixa a delegacia, olha o céu, respira fundo, examina o documento do carro que lhe devolveram. Tem de recuperá-lo, e as chaves, que a polícia recolhera.

Marcado por uma segunda cicatriz, bem menor e menos profunda que a primeira, Raimundo junta suas coisas na maleta sobre a cama do motel, pega a arma que guardara na gaveta da mesa de cabeceira, sai do quarto e tranca a porta.

No pátio, identifica um arranhão que não havia na lataria do lado do motorista, passa o dedo sobre o risco, abre a porta de trás, joga a maleta no banco, bate a porta e abre a da frente, senta-se, fecha a porta, gira a chave na ignição, dá a partida, segue devagar até pegar a rodovia, e mete o pé no acelerador para desaparecer no funil da estrada.

Mil novecentos e oitenta. A cidade de Santa Cecília não mudou. Ali está a academia de boxe e lutas marciais. Jovens e alguns homens maduros treinam. Raimundo entra tímido, em dúvida se está no lugar certo. Há cartazes e fotos nas paredes. O espaço é ambicioso e precário. A iluminação é excessivamente artificial e distribuída de forma irregular, fraca demais, forte demais. Há tatames, sacos de treino sendo socados e um ringue no centro, além de banheiro e vestiário. No mezanino, a parte administrativa. Logo na entrada, depara-se com um homem sentado a uma escrivaninha, onde se amontoam carteiras de sócio e uma agenda grande aberta.

Raimundo dirige-se a esse homem:

"Quero falar com Gregório."

O homem aponta. Gregório está no ringue, ensinando a um jovem golpes e táticas de defesa. Ele faz e o aluno repete. Depois, ensaiam entre si, mas evitando se tocar. Usam luvas e estão de calção e tênis. Gregório não dobra uma das pernas.

Raimundo ruma para um lote de cadeiras espalhadas em torno do ringue e senta-se. Escolhe o setor menos iluminado para ver sem ser visto. Enquanto assiste à aula-treino, acende um cigarro.

Gregório nota um ponto que brilha.

"Ei, apaga o cigarro. É proibido fumar aqui dentro."

Ele se aproxima das cordas.

"Quem tá aí?"

Raimundo apaga o cigarro.

"Desculpa."

Gregório não consegue ver a pessoa. As luzes fortes sobre o ringue atrapalham. Ele protege os olhos com uma das mãos:

"Não pode ser. Não tô acreditando."

Raimundo se levanta e caminha para o ringue.

"Não queria atrapalhar."

"Raimundo, é mesmo tu, não pode ser."

Gregório desce do ringue e avança até Raimundo com uma espontaneidade, uma intimidade que perturba o outro. Gregório o abraça com força.

"Meu amigo, tu sumiu, salvou minha vida e escafedeu-se. Pô, cara, por que tu fez isso?"

Raimundo não sabe como proceder, nem o que dizer, o que não é raro, mas está tocado. A afetividade torrencial de Gregório, grande e meio menino, com seu vozeirão, é irresistível.

O relato breve da longa história de Gregório:

"Aquilo não deu em nada. O comparsa do Gonzaga foi preso, o Gonzaga sumiu e aquela ameaça de processo... ninguém falou mais naquilo."

"Foi isso, não. Eu tinha mesmo de trabalhar. Tu ficou bem?"

"Bem, bem, não, mas dá pra quebrar o galho."

"E Branca?"

"Ela se recuperou. Depois que saiu do hospital, veio me visitar, agradecer. Aquelas coisas. Disse que precisava fazer exercício, que ia se inscrever aqui na academia. Pô, não tinha cabimento, aqui é um ambiente masculino. Ia tirar nossa liberdade. Ela ia se sentir mal. Falei, falei, mas não adiantou. Não podia proibir, né?"

"Ela chegou a treinar contigo?"

"O quê? Mulher forte pra caralho. Meu queixo caiu. Aliás, não faltou queixo caindo. Ela deu muita porrada, derrubou homem-feito, Raimundo."

"E aí? Ela tá lutando? Ainda tá morando na cidade?"

"Tá morando lá em casa."

Olham-se em silêncio.

"Tu e Branca?"

Raimundo está com quarenta e cinco anos, ainda muito magro e forte. Sem camisa, acende um cigarro, sentado numa poltrona velha. Linda está com vinte e seis anos. Ele é branco, ela, negra. Linda está nua, deitada na cama decadente de solteiro, apoiada na cabeceira, o tronco ereto. A espelunca onde mora é extensão do cabaré.

"Tu fuma agora?"

Raimundo não responde.

"Tu não fumava."

"De vez em quando, fumava, sim."

"Fumava, nada. De tu eu não esqueço. Pode passar o tempo, de tu não esqueço, nadinha."

Depois de uma pausa, ela ousa:

"É isso que chamam amor? Não esquecer?"

"Eu lembro dos meus inimigos."

"Tu ainda tem inimigo?"

"Vivo disso."

"De fazer inimigo?"

"Desfazer. Desfazer inimigo."

"Fala direito, homem. Que conversa é essa cheia de lodácio?"

"Tu sabe disso, como eu ganho a vida, sabe disso desde que a gente se conhece. Tem seis anos que venho te ver todo ano, e todo ano tenho que repetir."

"Nesse caso, tu desfaz gente que tu não conhece."

"É."

"Se tu não conhece, como é que pode ser teu inimigo?"

"Linda, eu sou profissional. Esse é meu ofício. Não posso tremer. Pro pulso ficar rijo tu tem de odiar o cabra. Compreendeu?"

"Como é que se odeia assim, de uma hora pra outra? Nunca vi ninguém mandar assim no coração. Me ensina como se faz. Me convém essa ciência, viu? Tô necessitada dela. Eu ia aplicar já, agorinha mesmo, contra tu. Se eu aprendesse a te odiar minha vida não ia ficar tão vazia quando tu desaparece, quando tu descansa no desaparecimento. E de repente aparece, feito assombração. Tu não tem medo de assombração? Da vingança dos espíritos?"

Raimundo olha pro chão, a mente voa pra longe.

Linda de pé, ainda nua, serve-se de cachaça e pergunta: "E cachaça, agora tu bebe?".

"Não."

"Não sei como é que tu consegue viver a tua vida sem um gole, sem um golinho pra esquecer do mal que fez."

"Quando eu quero esquecer alguma coisa ruim, eu lembro das coisas boas."

Raimundo levanta-se, sorri e abraça a mulher.

"Só pensa em sacanagem, o meu homem."

"Lembro de tu, Linda."

"Por que tu não para de viajar? Muda de vida, Raimundo."

Eles se beijam.

"Ou então, olha, escuta, me leva junto."

"Minha vida não é vida, não. Não é destino pra mulher que nem tu, mulher que merece um homem de verdade, uma família."

"Tu não é homem de verdade? Claro que é. É de verdade, sim. Eu sei o que tô dizendo. Afirmo e dou fé."

"Homem de verdade é pessoa inteira, que pode cuidar da mulher. Eu sou pela metade, a outra parte vai ficando pelo caminho."

"Tu é um lorde do sertão, o destino é que é traiçoeiro. Esse país é traiçoeiro. Tu é um herói, Raimundo Nonato, de ponta--cabeça mas um herói. Eu acho. Esse país é que é uma merda. Num outro lugar, a gente seria feliz."

"Se o mundo fosse outro, tu seria minha mulher."

"Eu teria um filho teu. Ah! Não adianta me apegar a tu, ficar sonhando. Daqui a pouco tu vai embora. E aí, só ano que vem."

Caem na cama melados de calor.

Mil novecentos e oitenta e cinco. Raimundo tem cinquenta anos e está tão bem-vestido quanto consegue, camponês quando se casa, sertanejo no baile. Um homem elegante abre a porta e convida Raimundo a entrar no quarto sombrio, austero, com móveis de madeira pesados. Sobre a mesa, a mala aberta e uma dinheirama, a indicar que o homem elegante contava as notas. O homem senta-se na cadeira atrás da mesa, ao lado da janela de madeira que, com a cortina quase toda fechada, deixa passar uma linha de luz e poeira. Raimundo senta-se na cadeira diante da mesa para ouvir.

"A pessoa que eu represento estima sua competência. Seu serviço é profissional, não falha, não deixa rastro. Você não se mete em confusão. Isso é tão importante. Poucos têm uma reputação como a sua."

Raimundo não manifesta nenhuma reação.

"Mesmo assim, ele está muito preocupado. É um homem importante no estado, desembargador, não pode se envolver com essas coisas."

"Prefiro não saber quem ele é. Melhor não saber nada sobre quem me contrata."

"Claro, isso é o que manda a prudência. E a segurança. No entanto, nesse caso, ele me pediu que lhe dissesse tratar-se de um desembargador porque, mesmo confiando em sua lealdade, ele acha que a vida é caprichosa e, algumas vezes, nos surpreende. É bom você saber que está fazendo um trabalho para alguém intocável. Uma pessoa com poder para te esmagar, se for necessário. Mas ele não quer, não deseja isso, de modo algum."

"O medo não manda em mim. O desembargador procurou a pessoa errada."

Raimundo se levanta e caminha rumo à porta. O homem elegante salta e o segura pelo braço. Raimundo sacode o braço num safanão, solta-se da mão do homem e o encara.

Enquanto segura e solta Raimundo, o homem lhe diz:

"Não, não, por favor, por favor, você entendeu errado, ou eu expliquei errado, eu, eu estou um pouco nervoso, a responsabilidade é muito grande, você me desculpe. Por favor, não vá embora. O desembargador precisa, realmente precisa de seu serviço. Não há ninguém tão bom quanto você. Por favor. Ele está disposto a pagar muito bem."

Raimundo olha para o homem, volta, vai até a janela, abre um pouco a cortina e observa a festa familiar lá embaixo, na piscina e ao seu redor. Crianças saltam, pulam das boias, espirram água, gritam, os adultos bebem, comem churrasco, mulheres jogam vôlei. A piscina e o pátio são ambientes solares, festivos, familiares, que contrastam com aquela gruta vetusta onde celebram o pacto.

Olhando a algazarra, ao lado de Raimundo, sem encarar o interlocutor, diz o homem elegante:

"O problema é que o homem sumiu."

"Sumiu?"

O outro confirma com a cabeça.

"E o pior é que a gente tem pouco tempo."

"Quanto?"

"Quinze dias."

"Casado?"

"Viúvo."

"Tem família no interior ou em outro estado?"

"De acordo com o que levantei, não tem nenhum parente. E é de poucos amigos. O sujeito não vai deixar saudade."

O anfitrião tira de uma pasta um envelope volumoso e o passa a Raimundo.

"Tudo o que se sabe está aqui."

"Tem uma coisa. O crime nunca vai ser esclarecido. Não quero ninguém acusado em meu lugar."

"Tudo bem."

"Tá entendido? Ou é assim ou não tem negócio."

"Entendido, já disse que sim."

No quarto da pensão em que se hospeda, Raimundo abre o envelope, confere o dinheiro e examina o material. Nessas horas, lembra do avô que lhe ensinou as letras e agradece à mãe a insistência para que aprendesse a ler, escrever e contar. "Ou você não vai ser nada nesse mundo." A gratidão vem com a dor no estômago e o gosto amargo de não ser coisa nenhuma que preste. Estão ali fotos e informações sobre Leopoldo Coelho. Agente penitenciário afastado, respondendo por corrupção, sinais externos de riqueza incompatíveis com o salário modesto e envolvimento na fuga de presos. Nada explica a urgência exigida pelo contratante. Se o alvo não está no endereço residencial, localizá-lo é o primeiro passo. Não havendo indicações sobre parentes, resta interrogar os comparsas. Tinham sido detidos com Leopoldo um policial civil aposentado e um agente, como ele. Os três respondem em liberdade. Talvez saibam o paradeiro do cúmplice. A questão é descobrir o que fala mais alto, lealdade ou ganância. Os corruptos têm sua própria ética, respeitam certos limites. Por outro lado, tudo é relativo, quase tudo, e a grana costuma enfraquecer convicções, embora haja outros meios de dobrar um indivíduo. O trato negociado com o representante do desembargador inclui um extra para molhar a mão do delator. Cabe a Raimundo avaliar quanto será necessário despender nessa operação preliminar.

Ele decide começar fuçando a residência de Leopoldo: é mais barato e menos arriscado. Não é difícil entrar numa casa abandonada. O bairro é de classe média, tanto quanto se possa dizer que haja classe média naquela cidade. Ele espera anoitecer, mantendo-se à distância. Deixa o carro estacionado em outra rua. Precisa certificar-se de que a casa está vazia. Quando escurecer, se houver alguém, acenderá a luz. É o que acontece, mas poucos minutos depois a luz é apagada e uma mulher jovem em trajes simples sai pela porta da frente. Raimundo aguarda quase uma hora. Nenhum sinal. Resolve invadir pelos fundos. O muro não é alto e o terreno baldio, cercado por arame farpado, parece preparado para uma obra que não aconteceu. Está repleto de entulho, montes de areia e cascalho, recursos perfeitos para escalar o muro vizinho. Guiado pela lanterna, Raimundo corta o arame, pula o muro e observa que a porta está coberta por uma placa de ferro tombada, dois barris cheios d'água e uma escada de madeira. Melhor arrombar a porta da frente. O calor continua forte e o faz suar tanto que a vista arde e embaça. A rua, separada da casa por quinze metros de jardim e quatro árvores frondosas, permanece deserta e sombria. A fechadura cede. A sala, recortada pelos flashes da lanterna, é um ambiente sóbrio e inóspito. A impressão é de mudança pela metade. Restam quatro cadeiras. É provável que o sujeito tenha saído às pressas. Mal teve tempo de cancelar as visitas da diarista ou talvez as tenha mantido para não chamar a atenção da vizinhança. Rotina é a máscara perfeita. Raimundo aponta a lanterna para as paredes e não tem tempo de esconder-se quando a velha acende a luz do corredor. Não há o que dizer, o que fazer. O sujeito tem, afinal, avó ou mãe. A mulher, meias até o tornozelo, avança, amparada nas paredes, arrastando as sandálias. Veste um robe escarlate sob a blusa de lã azul-clara. Como é possível blusa de lã nesse eterno verão escaldante?, Raimundo pensaria se não estivesse congelado: mudo e inerte como se, imóvel, não pudesse ser visto. A senhora aperta os olhos:

"Leozinho, por que você não avisou que vinha?"

Raimundo não sabe o que dizer.

"As criadas saíram agorinha mesmo. Não mandei fazer nada especial."

Ele continua mudo.

"Você veio pra ficar ou tá voltando pro sítio?"

Ela caminha em direção a Raimundo com muita dificuldade.

"Não me beija, não. Tô com um baita resfriado. Não quero passar pra você. Senta, meu filho. Você tá sempre apressado. Senta, conta pra mim. Tá aproveitando as férias?"

Raimundo não vê alternativa senão sentar-se na cadeira mais próxima. Na penumbra, a velha apalpa outra cadeira, curva-se e senta-se na ponta. Inclina-se para o lado, atraída por novo foco de interesse. Sorri e leva o lenço à boca. Permanece entretida.

"Nadir, senta direito, menina. Parece que não pode ver homem. Que coisa mais feia." A velha ri e faz um gesto cúmplice na direção de Raimundo.

"Me ajuda a levantar, Leozinho. Bota a cadeira na janela. Quero ver o movimento. Preciso me distrair."

Raimundo faz o que ela pede e a conduz pelo braço à janela. A mulher senta-se e contempla a noite silenciosa. Ele percebe um papel sob o jarro no centro da mesa. A luz do corredor não é suficiente para iluminar a sala. Esforçando-se, consegue decifrar os garranchos: "Jandira, a dona Leia vai ficar hospedada algumas semanas aqui. Estão fazendo obras na clínica. O dinheiro é pra comprar o que for preciso. Leopoldo".

Raimundo se aproxima de Leia:

"Lá no sítio perguntam muito: cadê a dona Leia?, dona Leia não vem?"

Ela se espanta, mas não tira os olhos da janela: "Ué? Quem é que pergunta?".

Raimundo se cala.

"Não tem ninguém lá. Há tanto tempo ninguém mora lá." Ela se vira e abre um sorriso com poucos dentes. Logo retoma a posição anterior, atenta à escuridão. "Ouviu, Nadir, estão perguntando por mim."

Raimundo tenta outro caminho:

"Preciso daquele mapa que a senhora desenhou, lembra? Quero que um amigo vá me visitar."

A velha senhora ri, balançando os fios ralos da cabeleira branca: "Amigo, nada, Leozinho. Amigo, hein? Escutou essa, Nadir?". Ela encara Raimundo, sacode a cabeça: "Outra mulher, Leozinho? Mais uma?".

Ele não sabe o que dizer. A velha senhora se apressa em desfazer o embaraço:

"Não lembro de mapa nenhum, não. Por que você não pede a seu pai? Ele faz pra você, rapidinho."

Raimundo se cala.

"Vai lá, pede a ele."

Raimundo hesita.

Ela aponta para o fundo do corredor e grita tanto quanto lhe permite o fio de voz: "Leonardo, o menino veio visitar a gente. Quer falar com você". Dirige-se a Raimundo: "Vai, menino".

Antes que Raimundo decida o que fazer, ela lhe pede por gestos que a ajude a sentar-se em outra cadeira, virada para a parede.

A porta no fundo do corredor, de onde a velha saíra, está entreaberta, a luz do quarto acesa. A bagunça é tamanha que mal se divisa a cama sob cobertas, roupas, toalhas, caixas com material de costura e cabides. Raimundo abre o armário vazio e puxa a gaveta rente ao chão, atulhada de pastas umedecidas pelo mofo. Arrebenta os elásticos e a papelada salta como se estivesse viva. Joga no chão o conteúdo e folheia papéis antigos, ajoelhado. São cartas quase ilegíveis. Logo cai em si: não vai encontrar uma velha escritura com o endereço de um terreno em área rural. Mete os papéis na pasta, fecha a gaveta e retorna à sala. A velha senhora cochila, a cabeça tombada sobre o ombro.

Raimundo ilumina a velha para certificar-se de que está respirando, e o movimento da lanterna projeta o foco de luz sobre o objeto da contemplação da mulher. Ele não tinha reparado que havia um quadro ali. A pintura grosseira retrata uma casa pequena contra o fundo verde em aclive gradual, subjugado pela imponência vertical do Pico da Pedra Azul. Raimundo percorreu o interior do Espírito Santo o suficiente para não se enganar. Ele sabe que qualquer capixaba se orgulharia de ostentar na parede aquela paisagem, desde que ficasse de fora a casa velha, sem nenhum encanto. Não faz sentido conceder-lhe o lugar de destaque no quadro. A menos que.

Volta a certificar-se de que a mulher continua dormindo. Suspende a moldura pelas pontas, erguendo o fio que a prende ao prego na parede. Leva o quadro para o quarto iluminado, corta a tela junto à moldura com seu canivete, enrola a pintura e a embrulha numa das toalhas empilhadas sobre a cama. Retorna à sala e sai sem fazer alarde.

Dois dias depois, Raimundo está em seu carro, parado no acostamento de uma estrada, numa planície deserta que se adensa e sobe, verdejante, até a base da Pedra Azul. Examina a tela aberta a seu lado. Certeza não há. Ele vive de apostas. É a terceira tentativa de identificar o ângulo exibido pelo quadro. Dormira poucas horas dentro do carro, entre idas e vindas, percorrendo as cercanias do cone majestoso, orientado por sua bíblia, o *Guia Quatro Rodas*. Por fim, observa com atenção a foto do homem.

Põe tudo no banco do carona e dá partida, resoluto, fazendo um retorno e tomando uma estrada vicinal. O carro avança deserto adentro, em velocidade, levantando poeira. Ao longe, uma casa, uma única casa, afastada de tudo. O automóvel desacelera e para. Raimundo aponta o binóculo, retirado do porta-luvas. Vê um homem diante da casa. O sujeito entra e deixa a porta aberta. Não há razão para fechá-la se vive em total solidão.

Raimundo pega a arma que estava sob o banco do carona — uma espécie de carabina, não chega a ser um fuzil, mas é mais letal que uma espingarda — e a põe no colo.

Arranca a toda a velocidade. A ideia é surpreender a vítima e surpreender-se a si mesmo, não dando tempo nem ao outro nem a si de pensar ou arrepender-se.

Quando o carro freia e Raimundo salta, arma engatada, sustentada em apenas um braço, o homem sai correndo da casa, assustado com o ruído. Ele é alvejado a primeira vez exatamente na porta, dá passos para trás, cambaleando, e é alvejado a segunda vez já dentro da casa.

"Não, não faz isso, não atira, pelo amor de Deus."

Sete dias depois, Raimundo e Linda passeiam pela pracinha e se aproximam de um circo abandonado.

"Esse amigo meu, Severino, eu encontrei foi por acaso em Caruaru, na feira."

"Tu comeu feijão-de-corda com manteiga de garrafa e carne de sol?"

"Lá tem muita coisa boa, vige."

"Tô com fome, Raimundo. Vamo comer."

"Depois. Deixa eu te contar."

"Pois conte, homem, vá direto ao assunto. Tu é cheio de mistério."

"Encontrei o Severino. Eu trabalhava com ele, minha mãe morava nas mesmas terras. Ele deixou o Engenho depois de muitos anos. Foi tentar a vida no Recife, não deu, ficou em Caruaru. Aí ele me disse que antes de sair de Santo Onofre recebeu uma carta de minha mãe e minha irmã. Não fazia muito tempo. Era uma carta pra ele me entregar se soubesse meu paradeiro, mas ele não sabia. Então, ele guardou a carta. Tava na casa dele. A gente foi lá."

"Elas tão vivas, tão bem, tão?"

"Tão morando no Rio de Janeiro."

"Raimundo, que coisa boa, tu deve tá tão feliz. Até eu tô. Fico até emocionada."

"Na carta tinha o endereço. E um telefone."

"Tu telefonou? Falou com elas?"

"Tive coragem não."

"Como assim? Homem corajoso igual a tu."

"Tem muito tempo. Elas não sabem que eu tô vivo. Minha mãe pode ter um troço se eu ligar."

"Quer que eu telefone?"

"Tu faria isso por mim?"

"O que é que eu não faço por esse homem?"

Linda beija Raimundo.

"Ó, tem um orelhão lá em cima, depois do circo. Tá vendo? Eu ando sempre com ficha na bolsa. Todo dia eu ligo pra minha mãe."

Os dois andam em silêncio até o orelhão. Não há ninguém por perto.

"Dá o número."

"Linda, olha, aí tu diz pra ela que tu é minha mulher e que a gente tá indo pro Rio, pra morar lá."

Linda está inundada de luz, e chora.

"Não, não, tu diz assim: dona Melinha, meu nome é Linda. Eu sou esposa de Raimundo e quero lhe conhecer. Diz 'esposa', não diz 'mulher', não."

"É de verdade? Tu não tá fazendo maldade comigo?"

"Minha cota de maldade nesse mundo acabou-se. Tu acha que, depois de tantos anos, eu ia começar logo contando uma mentira pra minha mãe?"

"Tu não sabe quanto eu sonhei que isso ia acontecer um dia comigo. Ia acontecer."

Emocionada, ela se agarra em Raimundo.

"E tua vida, Raimundo? Teu ofício?"

"Meu último trabalho foi matar o Raimundo que tu conheceu. O pistoleiro."

"Tu te converteu, meu amor?"

"Tô só seguindo meu destino. A Beata me disse que minha vida ia ser sangue e mais sangue, e que eu ia carregar nas costas todo pecado do mundo, até que tudo isso ia ficar pra trás e eu ia nascer de novo. Perguntei como é que eu ia saber que tava na hora. A velha respondeu: tu vai receber um sinal, tu não vai ter dúvida."

Linda disca o número. Espera, tenta novamente. Quando atendem, ela fala alto, porque a ligação é precária:

"Eu queria falar com dona Melinha. É a senhora?"

Linda começa a chorar. Fala com voz embargada.

"Dona Melinha, meu nome é Linda. Eu sou esposa de Raimundo."

Os dois caminham abraçados um tanto, depois Raimundo a puxa pela mão.

"Pra onde tu tá me levando?"

"Tá com fome?"

"Passou a fome, passou."

"Preciso te mostrar uma coisa. Lá na pensão."

Os dois entram na pensão, sobem as escadas. Raimundo abre a porta do quarto com sua chave. Ele faz questão de abrir a porta até ela encostar na parede, e se põe de lado para dar a Linda a visão completa do espaço.

Ouve-se água de chuveiro. Ao escutar barulho no quarto, Gregório surge apressado, enrolado na toalha. Ele sorri para os dois. Branca está vigiando o berço.

No berço, o bebê sorri para Branca. Raimundo quebra o gelo:

"Linda, esse é teu filho, Luiz."

Ela não sabe o que dizer, o que fazer, olha para Raimundo, vai até a criança, brinca com ela.

"Gregório, tu pode me explicar o que tá acontecendo? Raimundo me leva aos pulos, de susto em susto, de um mistério a outro."

Gregório ri e não diz nada. Linda toma coragem:

"É de uma mulher tua, que abandonou o menino, é?"

"Não, não é filho meu de sangue, não. Eu peguei pra cuidar. Agora, ele é nosso."

Linda pega a criança no colo.

"Meu filho?"

"Luiz."

Desterro

Todo ano, Branca e Gregório recebiam postais do Rio de Janeiro e fotos do afilhado. Prometiam visitar Luiz nas férias seguintes, que nunca chegavam. Uma vez faltou dinheiro, outra, precisavam pintar a casa, outra, não podiam adiar a reforma da academia. Depois a desculpa passou a ser uma só, Branca não estava bem. "Não tenho mais a energia de antes, não tenho mais a disposição que vocês conheceram, não ando muito bem, o médico pede um exame atrás do outro, suspendi as aulas na academia, nem pro trabalho administrativo eu sirvo, vocês acreditam? Como eu queria ir ao Rio de Janeiro levar um presentinho de dez anos ao Luiz", e acrescentou um ponto de exclamação. "Como ia ser bom ir à praia com vocês." No ano seguinte, o postal veio de Minas com uma frase: "Não sou a mesma mulher. Não sou mais a mesma pessoa". A letra nem parecia a de Branca.

Naquele ano, quem escreveu foi Gregório. O postal era a foto da matriz, ao fundo a praça. "Linda e Raimundo, aqui vai a lembrança da terrinha e nossa bênção ao Luiz. Que Deus nos proteja."

Linda escreveu de volta, mas nunca recebeu resposta. Fazia tempo que desistira de telefonar. O número mudava sem aviso. Recados não eram dados. A saudade se esticava nos postais que foram rareando, rareando, até que ficou só a memória.

Linda não se conformava, embora Raimundo lhe dissesse que tem coisas que é melhor não saber. Localizou Rose nos cafundós. Fez a amiga ir ao centro da cidade. Deu o endereço da academia. Estava fechada. O letreiro tradicional tinha sido removido junto com os cartazes informando as promoções do mês. Comovida com a aflição de Linda, Rose pediu o endereço residencial e foi conferir. Um mês antes, o casal tinha vendido a casa com os móveis dentro e se mudado sem dizer para onde. Os vizinhos estranharam aquela saída súbita, na calada da noite, sem explicação.

A revolução começou — Branca chamava de revolução — na manhã de 1º de julho de 1990. Era domingo e eles podiam dormir até tarde. Às nove e meia, levantou-se de supetão, seca por um café, a boca amarga, foi ao banheiro no piloto automático, tropeçou no tapete, maldisse o tapete, segurou-se na pia e encarou o espelho, mas ela não estava lá, o rosto refletido era outro, não saberia dizer de quem, não era o seu. O susto engoliu a voz com casca e tudo. Ela não conseguia gritar. Suando frio, sentou-se no vaso. "Foi o sonho que penetrou a vigília, alguma coisa que você comeu, uma vertigem." Gregório, rápido e pródigo nos diagnósticos, não a convenceu. Sem que Branca percebesse, persignou-se. Fez a mulher jurar que procurariam um médico na segunda-feira. Pelo menos, um pai de santo.

A semana passou sem outro episódio, o mês fluiu sem sustos e o tempo incumbiu-se de esvaziar a ansiedade que antecedia o espelho matinal. Até que Branca perdeu-se no caminho da casa à academia. Sentou-se na padaria à espera de que lhe voltasse ao menos o número do telefone do marido. Sentia-se a velha que estende a mão com milho para alimentar os pombos. Pediu água, só um copo d'água, deixou-se estar ali, naquele exílio provisório, divagando sem norte, e a lembrança bicou-lhe a palma da mão. Gregório foi resgatá-la.

Um, dois, três médicos, Branca peregrinou do SUS às clínicas privadas, transitou entre generalistas e neurologistas, foi parar numa psicóloga conceituada, não recusou ritos sagrados e tratamentos alternativos. Pensaram em ir a Belo Horizonte, ouvir sumidades. Um ano nesse périplo, formou-se o consenso dos especialistas. Foram à capital ansiando por milagre. Antes tivessem se poupado dos gastos e do desgaste.

Na volta, subindo e descendo as montanhas intermináveis de Minas Gerais, quando o silêncio já havia moído a última pedra das duas fortalezas, que adernavam lado a lado, pra lá e pra cá, nos engasgos nauseantes do ônibus meio vazio, afundados os dois na mesma solidão, Branca pronunciou enfim a palavra que Gregório temia: "pacto". "Espero que você não tenha esquecido o nosso pacto. Você jurou, lembra?"

Ela não permitia que ele entrasse junto com ela no consultório. Nada a ofendia mais que a infantilização, o paternalismo benevolente dos médicos, a indulgência superior. Isso tudo testemunhado pelo marido era insuportável. Entretanto, na consulta com uma das sumidades, tendo viajado, deixado a academia entregue ao assistente, Gregório fez questão de acompanhar a mulher, e ela não se opôs. Tremeu quando Branca disse ao doutor: "Minha cabeça funciona com um parafuso a menos. Sabe qual o parafuso que tá faltando? O tempo. Cada vez mais eu vivo no presente. Lembro de muitos episódios de minha vida, mas nem sempre consigo distinguir se aconteceram hoje de manhã ou há muitos anos. Convivo com as memórias como se eu estivesse dentro delas, como se elas fossem o presente. Dentro dessa cabeça, o que é que sobrou dentro dessa cabeça? Neblina, uma revoada de vaga-lumes, acendendo e apagando".

Gregório respondeu que sim, lembrava, claro que lembrava do pacto, mas não era o caso. "Por que se precipitar? Você ouviu o médico: ninguém sabe direitinho o que vai acontecer, quais são as fases, e quanto duram essas fases. Ninguém sabe nada."

"Não quero estar viva pra assistir à minha morte, à morte lenta, à morte dessa pessoa que ainda sou eu mas que nem sempre sou eu, não completamente. Hoje, posso escolher e decidir. Amanhã, talvez não possa mais. Não quero estar aqui enquanto desapareço, devagarinho, não quero estar no meio do dia claro enquanto anoitece. Entende, Gregório? Você tinha dito que concordava e me fez prometer apressar o seu fim, se acontecesse com você. Já está acontecendo comigo e não tem volta, é ladeira abaixo."

Gregório calou-se. Desceram a serra de mãos dadas.

Quando o nome da cidade apareceu no outdoor colorido, ele capitulou. Se era inevitável, se ela estava convencida de que devia ser assim, quem sabe ela não optaria por um método melhor.

"Melhor como?"

Menos macabro, menos assustador, menos doloroso. Isso ele pensou, mas não disse. Não soube o que dizer.

Ela sabia: "A natureza é a origem da gente. A gente é parte da natureza, não é?".

"Mas a floresta é perigosa, Branca, é um mundo feroz. Como é que uma pessoa", ele gaguejou no adjetivo "doente", que saiu truncado.

"Quero ficar com o mínimo. Eu, meu corpo, um facão, o fogo, a rede. O alimento e a água estão lá, numa fartura que a gente nem imagina. O que sobrar da razão vai se confundir com os movimentos das pernas e dos braços. A sobrevivência, Gregório, o impulso da vida vai pensar por mim, vai pensar por si mesmo e me dizer o que fazer, hora a hora, minuto a minuto. Não vai haver prolongamento artificial de uma vida que não mereça mais ser vivida. O prazo de validade vai ser o prazo de validade e ponto-final."

Pronto, estava decidido. Mesmo assim se passaram meses até que casa e academia fossem vendidas, o dinheiro depositado na poupança individual de Gregório, a picape mais possante da Chevrolet fosse comprada e Branca encontrasse a porta de entrada ideal para a floresta. Ela não tinha herdeiros. Repassara tudo o que tinha ao companheiro. Descobriu nos mapas da biblioteca municipal que o vilarejo de Maguari era o último ponto habitado antes da Floresta Nacional do Tapajós, no Pará, na região que se chamava Amazônia Legal. Na verdade, Maguari ficava já no interior da floresta, embora fosse referido como fronteira da ocupação humana, na beira do Inferno Verde. Era assim que os brasileiros descreviam a grande floresta amazônica.

Branca havia considerado Apuí, mas se inclinara para Maguari porque achou bom passar primeiro por Santarém. Tinha percorrido a PA-457, rumo a Alter do Chão, e um trecho da BR-163, quando às voltas com os negócios de Jota Gonzaga. Queria rever esses lugares.

Pegaram a estrada de madrugada, Gregório na direção, Branca ao lado, o *Guia Quatro Rodas* no colo, a seta, desenhada no mapa com a Bic vermelha, apontando para cima.

"Não sei se a gente precisava de uma picape tão cara", ele disse.

"Não dá pra correr o risco de ficar no meio da estrada, no meio do nada", ela disse.

"Pensei que a ideia fosse essa."

"O quê?"

"Meio do nada."

"Não amola."

Gregório acreditava que acharia um jeito de reverter o plano da mulher. Sua ironia deixou escapar que não estava levando inteiramente a sério aquilo tudo. Intuiu que a provocação só mexeria com os brios dela e reforçaria sua obsessão. A teimosia, nela, só era menor que o orgulho. E ele já se enganara o suficiente. Primeiro, fechar a academia, vender o espaço. Depois, vender a casa, vender os móveis. Antes de cada passo, esperava o milagre, o milagre duplo, a cura e o reconhecimento de que o plano era abominável. Antes de assinar cada contrato, esperava que Branca caísse em si. Mas, ao contrário de suas expectativas, cada passo ia tornando menos reversível a execução do projeto. Houve o momento em que brigaram feio, Gregório explodiu, negou-se a continuar dando corda na maluquice, ameaçou deixar a mulher. Ela se mostrou mais lúcida que ele, manteve a calma e lhe disse com a mais absoluta segurança que o plano seria cumprido com ou sem a solidariedade ativa do marido. Talvez fosse mesmo conveniente a separação, porque ele não merecia ser exposto ao último capítulo de sua história. Ela lhe era profundamente grata por tudo o que ele representara, por tudo o que fizera por ela até ali. Não o culparia se ele desistisse.

De modo que Gregório não voltou a questionar a compra da picape. Cumpriu sua parte, afundou o pé no acelerador. Atravessando o mundaréu que era o Brasil, maior do que ele acreditava que pudesse ser, empenhou-se em abandonar as ilusões e buscar forças para resignar-se. O plano de Branca era inverossímil porém real. Fechou a cortina sobre as cenas que sua cabeça produzia: aplicar uma injeção na mulher quando ela estivesse dormindo, no próximo motel, e levá-la de volta; misturar sossega-leão no refrigerante e interná-la num hospital, onde a manteriam viva à base de narcóticos; dar um fim ao sofrimento com um golpe súbito ou um tiro na nuca. Ele não fizera nada disso em casa, por que faria agora? Faltava-lhe coragem para afrontar o desejo da mulher. Por que ele saberia melhor do que ela o que quer que fosse? Se a loucura final a confortava, muito bem.

Temperatura, umidade, cores, relevo, tudo revirava em torno deles. A revolução de Branca contagiava o país em volta. Gregório tinha de se concentrar na estrada para não perder o juízo.

Gregório, que havia fechado a cortina, teve de fechá-la outras vezes, tantas quantas voltara a abri-la, tal a fertilidade de sua imaginação. O casal perdera a noção das horas e dos dias, e a viagem parecia infindável. Na última noite, Gregório sonhou que estavam velhos, os dois, muito velhos, porém saudáveis e dispostos. Eles viviam na picape, ele dirigia, Branca contava histórias como Sherazade, uma atrás da outra, desenrolando o fio para sempre. Tinham combinado que não morreriam jamais, se ele não parasse de dirigir e ela continuasse a inventar histórias. E eram felizes assim. Nunca chegavam a lugar nenhum.

Ali estava a BR-163. Asfalto ondulado, rachado, pedras soltas e o lamaçal desafiaram a valentia da picape. Ele dizia uns palavrões, ou não dizia nada. Ela não dizia nada. Nenhum dos espíritos evocados em segredo por Gregório impediu que Maguari se materializasse diante deles e ficasse para trás. Eram seis da tarde quando Branca apontou o lugar certo, na estrada vicinal que se estreitava, comprimida pela vegetação cerrada. Não havia ninguém por perto. Ela não teve dúvida de que aquele era o ponto, por lá cruzaria a fronteira, mato adentro, no fundo estava a floresta e o breu.

"Você vai entrar a essa hora?", Gregório perguntou com os olhos arregalados, coração aos pulos. "Daqui a pouco vai anoitecer."

Ela mirou os olhos do marido: "Pois é".

Desceu da picape, pegou a mochila, olhou mais uma vez para Gregório e seguiu para a floresta.

Seis, sete, vinte passos à frente, já estava além da via de terra; cem, duzentos passos adiante, já se embrenhava na franja da floresta. Só ouvia a percussão dos pés no solo e o farfalhar do corpo nas alocásias largas, mas o ruído prosseguiu depois que Branca parou. Mais e mais audível. Virou-se e não conteve o grito quando Gregório rompeu o véu de galhos baixos a três metros dela. Esquivou-se do abraço, maldisse a emboscada, repeliu o apelo, lutou como pôde, gritou outra vez, acertando um cruzado de direita no maxilar do marido, um jab de esquerda na testa, e escapou floresta adentro. Gregório custou a recompor-se. Teve dificuldade para identificar a trilha, zanzou sem rumo aos tropeços, o sangue do supercílio turvando-lhe a vista, o gosto salgado do lábio cortado. Hospedou-se na primeira pousada que encontrou, a poucos quilômetros de Maguari. Não comeu, não tomou banho, deixou-se cair na cama e apagou.

Batidas à porta o despertaram. Estava ainda escuro. Não encontrou o relógio, na confusão das coisas. As batidas eram insistentes, acompanhadas de vozes que ele não conseguia distinguir. Abriu a porta como o afogado abre os olhos, puxado para fora do mar pelos cabelos. Dois homens armados e o recepcionista da pousada lhe fizeram perguntas que ele mal discerniu, acusações que não compreendeu, lançaram-lhe palavras que eram pedras. Na cela da delegacia, algemado, exibiram-no a um homem maltrapilho, que falava baixinho e parecia temeroso. "Esse aí?", ouviu alguém indagar ao homem. Não escutou a resposta, mas percebeu que foi afirmativa.

Gregório custou a entender que o acusavam de agressão e tentativa de assassinato, ou assassinato e sabe-se lá o que mais, contra uma mulher. O morador, recolhendo galhos na margem da floresta, ouviu os gritos da vítima, acercou-se do local e viu quando ele saía da mata, ensanguentado. A testemunha declarou que, tendo circundado a área em busca do corpo, não encontrou senão vestígios da luta corporal e rastros de fuga.

Gregório tinha os documentos em ordem, inclusive os da esposa, e um relato absurdo, quase confissão. Dispunha de poupança e era proprietário da picape último tipo. Ficou detido preventivamente, enquanto procuravam a vítima e realizavam diligências em Minas. Branca não foi localizada e as averiguações sumárias recomendaram o indiciamento do suspeito: um homem negro, a quem a mulher havia transferido todo o saldo bancário, depois de liquidar o patrimônio; mulher mais velha do que ele, o homem negro; mulher cuja sanidade se degenerava celeremente, segundo laudos médicos. Crime perfeito, quase perfeito. Onde se faria melhor o corpo desaparecer, senão no Inferno Verde? Onde, senão na floresta, o ciclo vital processa matéria orgânica com tamanha proficiência e integra com tanta presteza os restos a seu gigantesco metabolismo? Jogar a vítima ao mar significa assumir o risco de que as marés devolvam o corpo ao litoral. A morte na mata não deixa restos.

Gregório foi conduzido ao Centro de Recuperação em Santarém, presídio recém-inaugurado, já em ebulição. O boato de que era estuprador correspondia a sentença de morte. O passado policial não ajudava. Ele não tinha esperança no julgamento, mas lutaria até o fim e precisava criar meios de sobreviver até lá. De todo modo, seriam anos de espera, porque a fila era grande. Foi necessário mobilizar sua habilidade de negociador para conquistar a confiança das lideranças que comandavam a unidade. O preço foi envolver-se na rebelião prestes a estourar. Se não era culpado quando chegou à penitenciária, seria culpado depois. A prisão funcionava como a profecia que se cumpre a si mesma.

O dia D amanheceu com a distribuição de estiletes, facões, porretes, martelos, foices e um punhado de armas de fogo, contrabandeadas às celas pelos agentes comprados. Foi o suficiente para o massacre de algumas dezenas de prisioneiros rivais e a tomada de três agentes como reféns.

Gregório não foi escalado para a linha de frente, a lealdade ainda tinha de ser testada, nem mereceu o conforto da terceira coluna, protegida pela segunda, alvo mais provável da primeira reação das tropas inimigas, surpreendidas pelo avanço da infantaria. Previsivelmente, ele integrou o segundo grupo, onde as baixas sempre são maiores. Se o destino o cumulara de tragédias, agora o recompensava com a liberdade e nada além de um ferimento superficial no ombro. Ele atravessou duas galerias, arrastou-se na lateral do pátio, meteu-se na pequena passagem sob o muro alto, menos que um túnel, escorregou o corpanzil pela vala de esgoto, sentiu-se um réptil, réptil afortunado, e correu como um cavalo no incêndio até a mata espessa. Perdeu-se dos companheiros e dos estampidos que ecoavam muito longe. Enfiou-se na floresta.

Cores e formas lhe eram estranhas, as gradações da luminosidade, oscilações do ar, a sonoridade convulsionada, os movimentos dos seres de todas as escalas, em todas as direções. Todas as eras, ele pensava, a história da terra estava condensada naquela porção de lama, pedra e planta, coroada por galáxias de insetos. Gregório acomodou-se entre as raízes da sumaúma centenária, puxou do bolso o pedaço de carne insossa e dura que fora instruído a guardar na véspera, e bebeu a água do cantil. Na partilha das armas, lhe coubera o facão, que ele trazia amarrado na perna. Roubara da cozinha, dias antes, um isqueiro e, na fuga, a lanterna de um guarda moribundo. Sob a proteção dos espíritos da noite, estava pronto para a guerra.

O sono sem trégua, fantasias borbulhando, o pavor antecipando ataques imaginários, Gregório não descansou, mas levantou-se nas primeiras horas da manhã, picado, o corpo coçando, ardendo, dos pés à cabeça. Um córrego o salvou. A água fria, pura, era sinal de vida.

Sabia que a probabilidade de encontrar Branca talvez fosse tão remota quanto as chances de que ela estivesse viva. O desejo arrebatador de revê-la foi gradualmente substituído pelo temor de revê-la. O que restaria dela, de sua consciência, meses depois da partida? Visões na floresta são comuns, tudo no compêndio dos seres se parece com tudo, se liga a tudo, ganha as formas dos próximos, imita a organização do outro, tudo é indisciplinado como tempestades e predadores, mesmo assim tudo segue as leis rigorosas de um organismo único, majestoso e autofágico.

Gregório se agarrava à lucidez com a paixão dos náufragos. A lucidez era sinônimo de algo que representasse estar fora para quem estivesse dentro. Seu foco obsessivo era o outro lado, alcançar a outra margem da floresta, escapar do planeta que não lhe pertencia, cuja linguagem não compreendia.

Na sétima noite, oitava ou nona, já não sabia, o tempo poderia ser muito maior, semanas, meses e anos, quem saberia?, Gregório já não contava com a lanterna nem com o isqueiro. Suas roupas eram retalhos escuros e úmidos. As forças se esvaíam. Alimentava-se de vermes e roedores. Sentia que não pensava, a floresta pensava por ele, respirava por ele, o alimentava, alimentava-se dele. Devorava e era devorado.

A vida lhe dera o destino de Branca, essa foi a única ideia que lhe ocorreu desde o começo da travessia. Quando ela escolheu desaparecer, o fez por si e por Gregório, em segredo. Talvez os deuses tenham proposto a troca, você recupera a sanidade em troca de seu bem mais precioso, o homem que você amou. Haveria deuses mesquinhos? Bem mais precioso? Que merda é essa? Branca amou de verdade alguém? O que eu sei sobre isso? O que é que eu estou dizendo, falando sozinho? Não faz sentido. Sentido nenhum.

Nessa noite, deparou-se com uma construção de paredes altas numa clareira, no topo de um aclive. Primeiro sinal do que um dia chamou-se civilização. A luz da lua fazia resplandecer o teto de amianto. Gregório aproximou-se. Era um galpão ou depósito. Vazio. Os portões, dos dois lados, estavam abertos. Abrigou-se ali da chuva que caiu como um ataque aéreo. O estrondo produzido pelo aguaceiro no teto soava como um ataque aéreo. O frio que o fazia tremer, agora ele percebia, era febre. Vergou sob o próprio peso e tombou. Presa abatida, abraçou os joelhos e viu o céu se abrir e fechar, por instantes esteve na cela, foi condenado por um juiz sem rosto, disse a Raimundo que se casara com Branca, pilotou caminhão desgovernado, correu atrás de Branca montanha acima, foi réptil e cavalo ao mesmo tempo, subiu ao ringue na academia lotada e mergulhou no fundo da noite, sob um céu de amianto. Despertou horas depois, cercado por homens armados. Não soube explicar o que fazia naquele lugar, tampouco entendeu exatamente o que diziam. Ouviu "maleita" e outras coisas, lhe deram bebida e comida, ele não conseguia comer, puseram-no na rede e o levaram nos ombros.

Gregório voltou a si numa espécie de maca de lona, punhos e canelas amarrados por cordas grossas que feriam como coroas de espinhos. Quando abriu os olhos, lhe disseram, e isso ele compreendeu, que descobririam logo quem ele era, um negro fugido, um fugitivo negro. Ao redor, centenas de toras de madeira empilhadas, troncos tombados, dezenas de homens e máquinas. O descampado vasto era um deserto, rasgão na floresta. A imagem derradeira impressa nas retinas de Gregório era instável, esmaecia e inflava de cores e luz: enxames numerosos de homens e mulheres brotavam da floresta por todos os lados; empunhando bandeiras, vinham salvá-lo, numa alegria de festa e triunfo.

Iara e Luiz

Corre o ano de 2005. Raimundo Nonato tem setenta anos. É porteiro de um prédio de classe média alta na avenida Delfim Moreira, bairro do Leblon, cidade do Rio de Janeiro. Ele aguarda o fim de seu turno, sentado à mesa entre o elevador e a porta de entrada. Uma campainha o desperta de seu devaneio. Olha o mar, desfocado pela vidraça. Vê seu substituto que de fora lhe acena. Raimundo aperta o botão, destravando o portão de ferro e a porta de vidro. O colega o saúda, enquanto Raimundo junta suas coisas numa gaveta, pega sua mochila e põe o celular no bolso.

"Bom dia, Raimundo, se bem que o dia não tá bom pra ti. O bicho tá pegando em Rio das Pedras. Guerra entre milícias."

Raimundo caminha com uma única preocupação em mente, sequer vê o mar e o horizonte que se ilumina. Mochila às costas, liga o celular.

"Luiz, alô, Luiz, tá dormindo? É teu pai. Tu tá bem? Ligue pra mim."

Segue rumo ao ponto da van que o levará a Rio das Pedras, favela carioca da Zona Oeste. Atravessa uma rua perpendicular à avenida Delfim Moreira. No ponto, ouve o que as outras pessoas falam entre si, agitadas.

A van para e o cobrador abre a porta lateral:

"Não vamos entrar em Rio das Pedras. Todo mundo vai ter de saltar perto ali da venda do Costa. A barra tá pesada."

Raimundo, já na van, telefona.

"Luiz, atende, Luiz. É teu pai. Ligue pra mim."

Na entrada principal da favela, estão viaturas, caveirão e policiais militares armados até os dentes. Impedidos de seguir adiante, os moradores que voltam do trabalho noturno vão se aglomerando, exaustos. É dia da vendinha do Costa faturar. Um policial tenta ser gentil:

"Não tá seguro pra entrar. Tem que esperar. As outras entradas também tão bloqueadas."

Um rapaz chega no mesmo momento que Raimundo e lhe pergunta:

"Outra milícia invadiu ou é luta interna do pessoal daqui mesmo?"

Raimundo ergue as sobrancelhas e avança o lábio inferior, não sabe. Empunha o celular.

Uma mulher captou parte da conversa:

"Foi a noite toda. Muito tiro. Morreu gente."

A movimentação de policiais e moradores aumenta.

"Luiz, acorda, meu filho. Tu tá bem? Ligue pro teu pai."

Raimundo se aquieta, como os demais. Não há o que fazer. Recosta-se na pedra à sombra da jaqueira. O sol está alto. O mormaço e o falatório ao redor são um narcótico, até que o burburinho da muvuca o desperta. Policiais em viaturas finalmente abandonam o posto, liberando a entrada àquela comunidade horizontal de imigrantes e trabalhadores de baixa renda, que por vezes oscilam entre a informalidade e o desemprego. Os moradores que aguardavam começam a caminhar. Raimundo acelera enquanto tenta mais uma vez falar com Luiz.

O sol não dá trégua e Raimundo aproxima-se de sua casa modesta encharcado de suor. Pisa firme e abre a porta. Quatro rapazes, entre eles Luiz, dormem no sofá e no chão da sala. Um adolescente, Rodney, sentado na poltrona, arregala os olhos. A casa está em desordem. No alto, entre uma parede e outra, uma faixa pendurada: "Parabéns Doutor Luiz".

Rodney se levanta e fala baixinho:

"Foi mal, aí, seu Raimundo. Eu tava mesmo de saída."

"Fica aí, Rodney."

Os rapazes começam a acordar, Raimundo fala alto. Deitado, Luiz saúda o pai:

"Tenho uma grande notícia pro senhor. Não quis contar pelo telefone."

Dá-lhe a notícia. Vai cursar medicina na Universidade Federal. É a segunda vez que o filho vê o pai chorar.

"Se tua mãe."

A turma dispersa e Raimundo vai fazer café.

De pé sobre uma cadeira, Luiz quase despenca quando desprende a faixa. Raimundo vai até a sala com um pano de prato na mão:

"Por mim, isso ficava aí pra sempre. Quando chegasse alguém, eu nem ia precisar dizer nada."

"Todo mundo já tá sabendo, pai."

Luiz termina a tarefa, pula da cadeira para o chão e conclui o relato:

"Os amigos tão organizando um churrasco domingo na Gardênia Azul. Endereço: Laje do Nando. Ia ser na laje do Carlinhos, ele foi o primeiro a oferecer, mas não vai dar. Geopolítica das milícias."

"Política das milícias?"

"Não dá pra fazer na casa do Carlinhos, porque a milícia da Freguesia está em guerra com a nossa milícia, e ninguém do Rio das Pedras pode andar tranquilo por lá."

"Nossa milícia? Vige, olha o que tu tá dizendo, Luiz. E a gente lá é bandido pra ter milícia?"

"Modo de falar."

"Milicianos tão em guerra e a gente é que paga o pato."

Toca o celular de Luiz. Ele se dirige ao pai:

"Lenora."

Raimundo é discreto:

"Vou tomar meu banho e me deitar."

Lenora está no quarto de sua casa, nervosa, no celular, agachada, abraçada ao filho de sete anos. Batem com força na porta da casa. Ela fala o mais baixo que consegue:

"O Dória tá esmurrando a porta. Não sei o que eu faço. Toninho tá aqui comigo. Ele vai arrombar a porta e levar meu filho de novo, Luiz. Tô desesperada."

Luiz sai correndo de casa, nem fecha a porta.

Bate na janela do vizinho e grita:

"Rodney."

"Luiz? Entra."

No quarto do adolescente nerd, computadores velhos meio desmontados e interligados. Na parede, quatro fotos: Angela Davis, Jimi Hendrix, Gil e Madonna.

"É agora. O cara tá lá de novo."

Rodney opera o equipamento e diz:

"Interrompendo a programação... da rádio comunitária... Aqui vai... Tá ligado?"

Na tela de um dos computadores aparecem linhas que sobem e descem, medindo o volume. Os gritos de Dória, esmurrando a porta, são transmitidos pela rede de alto-falantes da favela. Os dois, no quarto onde estão, escutam.

A voz de Dória ecoa por todo canto. Moradores que circulam olham pro alto-falante mais próximo ou simplesmente procuram a fonte dos sons. Os gritos prosseguem:

"Abre essa porta, caralho. Sei que tu tá aí dentro. Deve tá com aquele viado do teatro. Abre essa merda, cadela. Ele paga pra te comer? Vou arrombar e te encher de porrada. Arrebento vocês dois."

Em frente à casa de Lenora, três rapazes fortemente armados chegam em duas motos. Um deles toma a iniciativa:

"Qualé, mermão? Qué dá uma de macho na favela, é? Tá fazendo esse esporro todo é pra chamar atenção de quem? Tu tá de sacanagem?"

Outro que atende pelo apelido de Julinho Tabuada aplica em Dória um tapa com estilo e lhe diz:

"Tu tá pensando o quê, babaca? Tá pensando que tá onde? No puteiro? Aqui tem lei, tem ordem, tem autoridade. Aqui se respeita mulher e a casa das pessoas."

O primeiro vira Dória e o empurra. Dória apoia-se na parede. O rapaz abre as pernas do sujeito e diz ao terceiro:

"Dá uma geral."

O homem revista Dória, encontra uma arma, examina-a e a entrega ao companheiro:

"Arma de polícia. É colega."

O segundo:

"Foda-se, vamo queimar."

Tabuada:

"Tu é policial?"

Ainda de frente para a parede, braços e pernas estendidos em X, o homem explica:

"Sou o tenente Dória, do 23. Pode conferir com a chefia. Tô querendo trabalhar com vocês."

O rapaz que fez a pergunta se afasta e fala pelo rádio. Luiz, que já está no meio da confusão, vê o segundo rapaz algemar Dória.

Os três montam nas motos e seguem para o QG da milícia. Dória vai na garupa de Tabuada.

Em frente à casa de Lenora, Rodney, realizado, espalma a mão direita em direção a Luiz, esperando que ele complemente o cumprimento. O amigo o faz a contragosto. Enquanto aciona o celular, diz a Rodney e um pouco para si mesmo:

"Não gosto disso."

"O pessoal agiu rápido."

"Claro, querem provar que continuam no comando. Repeliram a tentativa de invasão e nada mudou. Essa é a mensagem."

Na porta de casa, se ajeitando depois de sair do banho, Raimundo estranha o alarido, a movimentação, a ausência de Luiz e a porta aberta. Observa a favela. Os vizinhos estão em suas respectivas portas, procurando entender. Depois de uma noite de tiroteios, todos estão ligados.

Diante da casa de Lenora, as pessoas se dispersam e Luiz agradece a Rodney:

"Cara, você é gênio. Superobrigado mesmo."

"Não quero te decepcionar, mas, na verdade, essa tecnologia é muito tosca. Só prendi o microfone na casa de Lenora e..."

Luiz fala no celular:

"Lenora, sou eu, pode abrir."

Dirigindo-se a Rodney:

"Diz a meu pai que tá tudo bem. Vou pro ensaio com Lenora. Não quero que ela fique em casa sozinha."

Quando Lenora abre a porta, é abraçada por Luiz.

No teatro de Rio das Pedras, Luiz dirige a cena, lendo para si mesmo o texto, de pé, e mudando de posição mas sempre entre o palco e a plateia, onde estão atores, atrizes e o pessoal que trabalha na montagem, inclusive Lenora e alguns visitantes. Ela parece estar com a cabeça em outro lugar. O palco reproduz, em versão minimalista, um quarto de hospital: lençóis, aço da maca, ambiente branco muito iluminado, entre o hiper-realismo e o delírio.

Em cena, um homem e uma mulher. Ele, debilitado e envelhecido, numa cadeira de rodas que se move à vontade. Uma mulher jovem, voluptuosa, vestida como se estivesse num cabaré, sentada numa cadeira comum, um pouco recuada, na posição em que se situaria uma psicanalista. É o homem quem começa:

"Conheceu Nonô?"

"Não."

"Ele comandava a unidade do Bope que entrava benzendo a comunidade e expulsando o diabo. Não lembra do Nonô? Ele era foda. Sabe o que ele fazia?"

"Não, não sei o que ele fazia."

A mulher levanta-se e passa um pano úmido na testa do homem.

"Tô fervendo, não tô?"

"Você tá muito agitado. Isso não faz bem."

"Ele não admitia idolatria nas favelas. Com seu fuzil certeiro, explodia são Jorge, são Cristóvão, santo Antônio, Zé Pilintra, Nossa Senhora Aparecida, Preto Velho, Iansã, não sobrava nada. Nenhum santo da fé do povo. Ele dizia: 'A feijoada do cão chupando manga vai virar pó'. Nonô era do caralho. Quando ele descia o morro com sua tropa de preto, a heresia já tinha virado mingau. A blasfêmia estava dinamitada."

"Para de falar. Descansa. Esquece. Relaxa."

"Nonô não matava vagabundo sem antes perguntar: aceita Jesus? O filho da puta dizia que sim, imaginando que fosse merecer o perdão, que dizendo sim, sim, sobreviveria. Sim, sim. O malandro dizia sim. Nonô esperava ouvir o sim. Fazia questão que o sim fosse proclamado bem alto, bem claro. Sim. Aceita Jesus? Sim. Aceita Jesus? Sim. Mais alto. Sim. Alto. Sim. Quem? Jesus."

Imita o tiro com a mão e diz, baixinho:

"Pau."

A mulher intervém:

"Tá na hora de dormir."

A mulher acaricia o homem por trás, a cabeça, o rosto. Ele recomeça:

"Nonô explodia a cabeça do infeliz. Mas só quando o vagabundo dizia sim. Nonô largava o dedo. O coronel era pio, pio-pio-pio-pio-pio: mandava pro saco o corpo roído pelo pecado. E salvava a alma pra Jesus. Bonito isso, hein? Igualzinho à produção industrial de frango. Já viu? É bonito. Pura poesia. Poesia viva. Quer dizer, morta. O funcionário separa as partes: cabeça, rins, fígado, olhos, bico, tripas. Vai afastando vísceras, pele, penas, músculos. Músculos fininhos. Ossos fininhos. Os pezinhos. As unhas. Separando e jogando nos trituradores. Nonô explodia as cabeças, jogava as carcaças no mato, ou no lixão, e arremessava as almas pra Jesus. Branquinhas. Levinhas. Asseadas. Alvinhas. Arremessava pra Jesus."

O ator faz os gestos de separar as partes, arremessar as almas, para que tudo seja gráfica e meticulosamente descrito.

A personagem feminina: "Coisa nojenta. Que história mais louca. Por isso você não dorme. Há quanto tempo você não dorme?".

O homem gargalha.

É a mulher quem diz: "Você perdeu o juízo. Que horror sua cabeça".

"Fica nua. Tira a roupa. Me dá o tarja preta."

"Não pode. Tarja preta agora não pode. Presta atenção. Esquece essa história sórdida."

"Eu fiz uma canção. Você sabia que um dia?"

"Coisa boa. Agora, descansa."

"'Amamérica', o nome dela."

Luiz entra no palco. As luzes se acendem. Ele diz:

"Tá bom, gente, vamos parar por aqui. Acho que vocês pegaram o tom."

Os atores se levantam e se misturam com a plateia, que sobe no palco para trocar ideias. Eliana, uma jovem de seus dezoito anos, assistente de Luiz, aproxima-se dele. Luiz está anotando alguma coisa num caderno, concentrado:

"Pera aí, Eliana."

Ela sopra em seu ouvido:

"Tem um cara querendo falar com você. Da milícia."

Ele para de escrever e responde no mesmo tom, depois de uma pausa.

"Por quê? Cadê o cara?"

"E tem também um jornalista."

"Jornalista? Tá louco? Como é que o cara entra na favela dizendo que é jornalista?"

"Eu disse a ele que era perigoso, que jornalista não pode entrar assim, sem pedir licença pro chefe, mas ele parecia tranquilo. Garantiu que não tinha problema porque era do caderno de cultura, não tinha nada a ver com notícia policial."

"Até ele explicar que focinho de porco não é tomada..."

"Tirou umas fotos suas. Tá com prestígio, hein, Luiz? Pelo sotaque, não é do Rio, não."

"Cadê a Lenora?"

"Foi embora logo no começo do ensaio. Mandou te dizer que isso não é peça que Toninho possa ver. Tava meio brava."

"Ela foi pra onde? Pra casa?"

Eliana aperta os lábios, não faz ideia.

"Cadê o sujeito?"

Luiz senta-se na plateia, ao lado de um boa-pinta com anéis e correntes, e na cintura uma pistola visível.

"Essa peça é tua?"

"Não, é do Pereira Neto."

"Por que tu escolheu ela? É meio louca, né?"

"Eu gosto do texto e acho o tema importante, porque nossa realidade é louca."

"Tu é psicólogo?"

"Não, mas vou fazer psiquiatria. Passei no vestibular pra medicina. A peça, por incrível que pareça, é baseada em fatos reais."

"Não vai dá pra tu apresentar ela, não."

"Como assim? Por quê?"

"É uma porrada na polícia."

"E desde quando você defende a polícia?"

"O pessoal tá sabendo de tu, dessa peça. Tão muito puto. Tão ameaçando criar um caso."

"Mas isso é um absurdo."

"Tá decidido. Mais uma coisa: tem uma conversa rolando por aí que tu vai pro saco. Tu anda se envolvendo em política, fazendo reunião, tem gente que não tá gostando. É bom tu te cuidar. Nós não temos nada contra tu. Tu foi criado aqui, teu pai tá no Rio das Pedras desde que Deus criou o mundo. Mas também não vamo entrar em bola dividida. Para logo os ensaios, avisa que tá tudo suspenso e mete o pé, vaza da favela por um tempo. Vai ser bom pra tu."

No fim da tarde, Raimundo acorda, enche um copo de água e se dirige a uma cômoda cujo tampo parece um altar familiar, com fotos da mãe jovem e idosa, da irmã, de Luiz menino, adolescente e na idade atual. Há também muitas fotos de Linda, em idades diferentes, e dele mesmo abraçado a ela e a Gregório. Há uma foto de Gregório treinando boxe ao lado de Branca. Outra em que ele está com Luiz, criança, no colo, junto às cordas de um ringue. Luiz com luvas de adulto, imensas. Ambos sorriem. Raimundo e Linda nunca acreditaram na notícia que receberam. Gregório não era homem de matar mulher. A morte deles seria para sempre um mistério, mas que morte não é? E quem explicaria a morte de sua mãe e de sua irmã, logo depois do reencontro tão esperado? Infarto e AVC eram nomes, não resolviam o mistério.

    Raimundo olha as fotos. Levanta o porta-retratos central, onde está Linda, vestida de noiva, com um buquê de flores. Dá-lhe um beijo.

Na varanda do teatro, Luiz está sozinho, olhando a favela. Eliana se aproxima.
    "Todo mundo foi embora preocupado, te achando meio esquisito. Não falei nada da visita do miliciano, mas eles sacaram, claro. O cara dá a maior bandeira. Por outro lado..."
    "O quê?"
    "Ficaram bem excitadinhos com o jornalista. Vai sair uma matéria legal."
    "Não, não pode sair nada. Onde ele está?"

"Olha lá, ele tá lá com o pessoal. Não, acho que tá indo embora."

"Caralho."

Luiz vê um homem numa moto sofisticada, arrancando.

"A gente tem de achar esse cara, e o mais rápido possível. Puta que pariu. Melhor não falar pro pessoal por enquanto, mas se essa matéria sair, tô fodido."

Eliana lhe entrega um cartão.

"Ele mandou te entregar. Taí o telefone."

"Chico Ramos, jornalista. Faz a ligação, Eliana, por favor."

Luiz passa seu celular a Eliana, que digita o número, enquanto Luiz resmunga, com as mãos atrás da cabeça:

"Puta que pariu."

"Caixa. Deixo recado?"

Luiz pega o telefone das mãos de Eliana:

"Chico, boa noite, quem fala é Luiz Alencar. Por favor, não publique nada sem falar comigo. Eu te explico pessoalmente. Preciso encontrar você com urgência. Liga de volta, por favor."

"Você tá me assustando, Luiz. O que tá acontecendo?"

Luiz se cala.

"Destrava, homem. Não saio daqui sem saber."

Luiz continua calado.

"Se você não falar, chamo todo mundo de volta."

"A milícia proibiu a peça."

"O quê? Nem pensar. Não existe mais censura no Brasil há muito tempo. A ditadura acabou."

"Na favela, não acabou, não."

Sábado à noite, Raimundo, mochila cruzada no peito, salta da van e atravessa a Delfim Moreira, rumo ao prédio onde trabalha. Toca a campainha e acena para o porteiro do dia, que abre o portão por comando eletrônico.

"Boa noite, seu Raimundo."

"Noite."
"O clima hoje esquentou."
"É, tá muito quente."
"Tô falando daqui do prédio. Hoje o bicho pegou na reunião de condomínio. Dona Wanda tava com a macaca. Dava uns gritos, aquela mocinha do 702 xingava ela de tudo o que é nome. Saiu faísca."

Raimundo se cala. Arruma suas coisas, tira da mochila o radinho, uma térmica de café, outra de água, e um sanduíche embrulhado. Coloca tudo no armário, menos o radinho e o egoísta, que vão para a gaveta.

"Depois, todo mundo que passou por aqui tava com uma cara... Não sei, não. As coisas não tão cheirando bem, seu Raimundo. Até amanhã."

As noites de sábado são agitadas na portaria, um entra e sai de moças perfumadas, rapazes de roupa nova, um abre e fecha do portão da garagem, ligações por interfone para anunciar a chegada de visitas, cumprimentos de quem sai. Raimundo está calejado. Levantar-se, acompanhar desconhecidos até o elevador, levar madames e doutores até a porta de saída, manter-se fiel ao código de cortesia do bom profissional quando um morador bêbado fosse ríspido: isso não é nada comparado ao que fora sua carreira no passado, aos desafios que custavam a honra ou a vida. Por que se aborreceria com acontecimentos tão minúsculos, agora que a missão tinha sido cumprida? Sentado na beira da cama, a mão da mulher apertando a sua, ela lhe pedira que repetisse em voz alta a resposta. Ele repetiu: "Prometo". Só então ela descansou. Essa lembrança mexe com Raimundo, embarga o boa-noite que lhe cabe pronunciar, escandindo as sílabas, como aprendera. "Você fala pra dentro, Raimundo, ninguém entende." Foi o que lhe disse o síndico que o contratara, tantos anos antes. As recordações doídas o atazanam em momentos assim, raros, momentos felizes. O que pode mais um pai sonhar do que em ver o filho tornar-se adulto com o bilhete premiado de um futuro brilhante? Raimundo nunca se interessara por política, mas se orgulha de que um nordestino seja presidente da República e acredita que não é coincidência um jovem negro da favela ingressar na universidade quando Lula está no poder. "Boa noite. Tudo bem, obrigado. Boa noite." Segue passo a passo a liturgia, até que o celular vibra.

Pouco depois, sob a pressão da notícia, ele interfona para o 901:

"Quero falar com dona Dulcineia. É o porteiro. O Raimundo."

Espera. Espera mais do que a angústia permite. Pensa em desligar, pegar o elevador e bater à porta. Pensa em dizer umas verdades. Teme descontrolar-se e chamar aos gritos a empregada que o deixara aguardando. Não faz nada disso.

A empregada retorna ao interfone, diz alguma coisa. Nervos à flor da pele, Raimundo consegue preservar a frieza:

"Não posso deixar recado, preciso falar com ela. É urgente."

A empregada não disfarça a má vontade, talvez esteja perdendo minutos preciosos da novela, ele deduz. Diz-lhe que vai desligar e tentar convencer a patroa a ligar para ele de volta.

Raimundo bate o interfone na base vertical, empurra para baixo o tampo da mesa com toda a força dos braços. Não sabe o que fazer. Esperar? A cabeça ferve. Pensa em Luiz, que sumiu, imagina as piores cenas e logo concebe um plano, que não resolve o problema mas vai saciar sua aflição: chama o elevador. Abre a porta. Está vazio. Aperta o nono andar. Sobe concentrado, nem percebe o espelho. Sai do elevador. A luz do hall acende automaticamente. Toca a campainha. Aguarda. Insiste. Ouve a voz de Dulcineia:

"Quem está aí?"

"Sou eu. A senhora pode ver pelo olho mágico. Eu, o porteiro."

"Raimundo?"

"Eu mesmo."

"O que é que você quer a uma hora dessas? Não tenho mais nada a tratar com você."

"Só queria avisar que ia pedir um favor à senhora, mas já resolvi meus problemas. A senhora não precisa se preocupar. Vim também trazer uma carta da polícia explicando o que aconteceu com meu filho. Ele agora está bem. Foi só um susto."

"Tá bom. Deixa na caixa de correio. Amanhã eu leio."

"Mas a senhora precisa ler agora, é muito importante."

"Que coisa mais estranha, Raimundo, por que eu teria de ler essa carta agora? Olha, eu já ia me recolher. Estou sozinha em casa, a empregada já foi embora. Não fica bem. Joga a carta por baixo da porta."

Raimundo finge que tenta.

"Não passa, não, dona Dulcineia."

Ela entreabre a porta.

Raimundo surpreende até a décima geração de Dulcineia, tal a violência com que empurra a porta, lançando a mulher ao chão. Ele tranca a porta. Ela esboça um grito, interrompido pela mão de Raimundo tapando-lhe a boca.

"Desculpa, dona Dulcineia, um dia a senhora vai entender e me perdoar."

"Não me mata, não me mata."

"Não vou lhe fazer nenhum mal. Só preciso de sua ajuda."

Amarra as mãos da mulher às costas com as algemas que trouxe, e os tornozelos, um ao outro, com sua própria camisa. Fica só de calças e sapatos. Ela grita com toda a força dos pulmões. Ele mete-lhe um pano na boca.

Raimundo bebe água no gargalo da garrafa até sentir-se limpo daquela revolta represada. Sabe que não subirá ao nono andar, não baterá à porta, não invadirá o apartamento.

Enquanto o porteiro engole a fantasia, Dulcineia, os cabelos amarrados na toalha rosa, percorre seu apartamento entulhado de objetos que simulam alguma coisa distante, esquiva-se de vasos e estatuetas, resvala nos espelhos de bordas douradas que multiplicam o robe acetinado e chega desatenta à cozinha, atropelando a empregada uniformizada que lhe dera o recado e a aguardava, ao lado da pia. A síndica empunha o interfone e digita 01:

"Diga, Raimundo. Não, tudo bem, não tem problema. Pode falar. O que é que tem seu filho? Fala devagar. Calma, Raimundo. Eu entendo. Nossa Senhora. Que agonia. E você chamou a polícia? Sei, claro, entendi. Tem alguma coisa que eu possa fazer pra ajudar? Mas a portaria vai ficar abandonada? Que situação, hein, Raimundo. Olha, você tem crédito infinito comigo, com o condomínio, você sabe que pode contar com a gente, né? Não tem aqui quem não goste de você, mas como é que eu posso autorizar o abandono do prédio? Você entende meu lado, Raimundo?"

Não se trata de equilibrar dois lados equivalentes, o trânsito de condôminos no saguão do prédio e o desaparecimento de Luiz. Raimundo é versado nas coisas da vida e da morte, nunca teve pendor para o ardil da palavra. Deixa o posto, leva o que é seu, sabe que não voltará. Está disposto a pagar o preço. Depreciar o valor do filho é insulto como não há.

Raimundo vai direto para a casa de Lenora, onde já estão Rodney e Eliana. Ouve de novo: não deu notícia, não apareceu para o jantar preparado com carinho, não atende as chamadas, ninguém sabe dele. Isso não é comportamento de Luiz. Deixar a namorada esperando, faltar a compromisso, não responder aos recados, nunca fez nada parecido. Alguma coisa aconteceu, grave. Acabou a bateria? Tem muito orelhão espalhado pela cidade. Não é desculpa. O pior está no ar, tudo o que cerca o sumiço, os condimentos venenosos que destemperam a apreensão, as ameaças de Dória.

"Meu ex-marido quase derrubou minha porta, ficou ameaçando e ameaçando o Luiz também."

Raimundo deixa escapar o que lhe passa na cabeça: "Luiz não me contou essa parte".

Rodney não precisava, mas completou: "Ele é PM".

Depois de segundos de silêncio tenso, continua: "Pior do que PM é PM corno".

Percebe que saiu do tom e tenta reparar, engasgado.

Eliana, constrangida, abre o jogo: "Tem um troço bem complicado, eu não queria falar, porque Luiz me pediu pra não falar. Um cara da milícia foi ao ensaio e proibiu a peça. Disse ao Luiz pra se cuidar, que era melhor ele meter o pé".

Lenora, que tem Eliana atravessada na garganta, aproveita o vacilo: "Caralho, Eliana, e você tá aí calada esse tempo todo?".

Raimundo está assustado: "Luiz não me disse nada".

Lenora se equilibra entre o ciúme e o medo: "Pra mim também não falou nada disso". E continua, inconformada: "Uma coisa grave dessa e você aí quieta, Eliana?".

"Você tem que reclamar é com Luiz, que é seu namorado, noivo, sei lá o quê, e não te contou. Eu tava respeitando ele, que pediu pra eu não falar."

O volume do alvoroço aumenta.

Eliana vai além: "Depois do ensaio, acho que Luiz foi se encontrar com um jornalista. Ele queria impedir que o cara publicasse qualquer matéria sobre a peça. Ia parecer provocação, depois que a milícia proibiu".

Raimundo tenta pôr ordem na confusão: "Tu disse que ele foi se encontrar com um jornalista".

Eliana confirma com a cabeça.

Raimundo está mudo, matutando. Rodney é prático: "Quem é o cara? A gente tem como contatar o sujeito?".

"Dei o cartão pro Luiz. Falei com as pessoas do elenco que o cara entrevistou. Ele não deixou os contatos com ninguém. Liguei pro jornal, não consegui saber nada, nem se está mesmo sendo feita alguma reportagem sobre a peça. Pode ser verdade, pode não ser."

Raimundo continua tentando abafar o braseiro aceso no coração. A cabeça é um breu só. Em seus anos de juventude, já estaria longe, caçando os filhos da puta. Não hesitaria em puxar o gatilho, mas contra quem? Cospe os nomes, à guisa de síntese: "Dória e a milícia".

"E a polícia, seu Raimundo, a PM, porque Dória é do 23 e nem todo mundo tá afinado com os milicianos daqui."

"Mas eles também são policiais", Lenora pondera.

"Por isso mesmo."

Eliana não conseguiu falar com os atores. Não estão em casa e a maioria não tem celular.

"A gente não pode ficar parado. É quase meia-noite. Vou falar com o Reginaldo. Nessas horas, melhor falar com quem manda. Ele me conhece. Sou morador da velha guarda."

Rodney vai buscar a moto. Raimundo espera na porta da casa de Lenora, que também sai para levar o filho à casa da avó.

Raimundo se ajeita na garupa: "Já montei cavalo, nunca montei nesse jumento de ferro".

"É só segurar dos lados ou em mim. Não tem mistério."

São duas vezes abordados por vigilantes milicianos, armados, os quais, identificando o morador antigo, dão-lhes passagem, com reverência e pedidos de desculpa.

Param próximo à casa do líder da milícia.

Rodney sussurra: "É aqui, mas dizem que ele tem várias casas, em diferentes bairros da cidade".

Raimundo desce da moto, fala com os seguranças e, acompanhado de dois jovens armados, segue a pé até a casa do chefe.

Lá dentro estão quatro homens armados, além de Reginaldo e duas lindas jovens de shortinhos. Todos comem pedaços de pizza, desgrudando-os com os dedos em pinça de caixas de papelão enormes, abertas em cima da mesa. Servem-se com guardanapos de papel. Tomam refrigerante e cerveja. Assistem ao videoteipe de um jogo de futebol na TV.

"Tudo bem com o senhor?"

"Como vai, Reginaldo?"

"A gente vai levando. Tá servido?"

"Obrigado, tô só de passagem pra te fazer uma consulta."

Os dois sentam-se à parte e conversam. Naldinho dá um, dois, três telefonemas. Finalmente, Raimundo agradece e se despede: "Boa noite, pessoal".

Raimundo sai, acompanhado pelos mesmos rapazes que o haviam conduzido até lá, e diz a Rodney: "Reginaldo não sabe de nada. Não foram eles. E sobre o tal tenente Dória, diz que deu uma dura nele e só, mas que o cara não teria colhão pra mexer de novo com morador. E o mais importante: descobriu que ele passou o dia no bar do Germano, que o grupo da milícia frequenta, viu o jogo, bebeu e não aprontou. Disse também que a polícia não ia se meter com colegas que pagam em dia. Bulir com morador pode melindrar a autoridade local. Foi assim que ele falou".

Os dois parceiros, montados na moto, não sabem o que pensar.

Já na casa de Lenora, Rodney junta-se a ela e a Eliana e passam a noite telefonando para hospitais. Muita gente ferida à bala, à faca, em acidentes de trânsito, mas nenhum paciente sem identificação e nenhum Luiz Alencar. Raimundo tinha ido para sua casa, onde aguardaria o resultado da pesquisa.

A cúpula opaca da escuridão já começa a sofrer os primeiros ataques do sol e deixa vazar uma ou outra flecha de luz, quando Lenora ouve, da funcionária do hospital da Posse, o maior da região metropolitana, a descrição de um rapaz moreno que "foi a óbito". "Moreno?", ela pergunta. "A senhora quer dizer negro?" "É, negro", a voz concede. Lenora não tem coragem de ir até Nova Iguaçu para "fazer o reconhecimento", expressão utilizada pela atendente que a pendurou na linha esticada entre a cólera e o pavor. Rodney e Eliana prontificam-se. Acordariam seu Ângelo, o taxista vizinho que gosta de Luiz e não se negaria a ajudar. Como diz Rodney, "numa hora dessas, quem poderia negar?". A moto quebrava o galho no dia a dia, mas para cobrir quarenta quilômetros não tinha força. Muito menos documentação regularizada.

Preferem não assustar Raimundo com o que é só uma suspeita, afinal de contas. Melhor poupar o homem enquanto fosse possível.

Lenora deita-se junto ao telefone e não prega os olhos, alarmada com o próprio medo e com o lusco-fusco que bate na janela — ela tem a impressão de que a luz é ruído agudo que pica e zumbe feito inseto.

Raimundo não desgrudou do celular nem descansou. A cabeça, turbilhão. Lembranças revolvidas em tumulto, areia na ventania, riscam a pele, ardem, cegam. Aquele filho é o quê? Seu reino, a terra conquistada, o cimo do monte palmilhado, sentido da travessia, perdão para o sangue que ele derramou.

Uma hora e meia depois, toca o telefone de Lenora. Ela atende aos prantos, mal consegue escutar. Eliana precisa repetir mais alto: "Quando a gente chegou, o corpo já tinha sido mandado pro IML do Rio. Nós vamos pra lá, mas parece que fundiu o motor do táxi do seu Ângelo. Tá no pátio. Maior fumaceira. Não sei em quanto tempo a gente vai conseguir...". A ligação cai.

Lenora lava o rosto, enfia os pés nas sandálias e vai chamar Raimundo. Não tem coragem de ir sozinha ao IML. Ele tenta convencer a moça a não acompanhá-lo. Nada poderia ser pior, ela não merecia, tinha feito muito, ele era grato, cabia ao pai atravessar o corredor da morte. Não, ela ia junto, estava decidido. Ele raspa o fundo da gaveta, tem ali parte das economias reservadas para emergências. De ônibus, a tortura se prolongaria, a viagem levaria uma eternidade. Eternidade era o tema, a ponta incandescente do arame que liga ao inferno o peito de Raimundo.

Ele fecha a porta de casa e procura não pensar. Caminha sem se dar conta dos próprios passos, levitando numa órbita incomum. Lenora faz as honras da sociabilidade: cumprimenta os moradores que acordam cedo no domingo. O ponto de táxi autorizado pela milícia está vazio. Rendem-se à van. Embarcam rumo ao centro da cidade, apertados entre trabalhadores atrasados para o plantão. Seguem ambos em silêncio, engajados na tarefa exaustiva de esfriar a fornalha. Corpo e alma em brasa, Raimundo e Lenora deslizam para o horror.

Nenhum dos dois tem noção da hora quando chegam, depois de duas baldeações, ao Instituto Médico Legal. O calor grudou a camisa no dorso de Raimundo, a angústia lhe secou a boca. A energia, ele a recobra porque o colapso de Lenora é iminente. Precisa evitar que ela desmaie na calçada e a carrega, abraçada, para a sombra da marquise. O vendedor ambulante puxa do isopor uma garrafa d'água e o ajuda a molhar a cabeça da mulher. Raimundo insiste para que ela beba. A palidez cede. Ao redor, homens e mulheres se aglomeram e dispersam, aqui e ali o desespero. Zumbis profissionais de camisa social encardida zanzam para dentro e para fora do prédio, papéis na mão, formulários manchados de suor. Agentes funerários são rápidos e discretos, silhuetas evanescentes. Despachantes em alvoroço agitam documentos brancos com os punhos úmidos como peixes no balcão. Os parasitas do mercado clandestino das interdições burocráticas simulam o frenesi subterrâneo da morte, por isso parecem encenar o canibalismo pornográfico que embrulha o estômago de Lenora. Raimundo não os vê, ajuda a nora por dever de ofício, tem os sentidos apontados para o interior do prédio. Ela não resiste às palavras do sogro. Prefere ouvi-las como ordem: "Espera aqui".

Raimundo avança, não há mais trégua. Informa-se, apresenta identidade, carteira de trabalho e uma foto do filho, que a atendente o manda guardar. "Domingo de manhã é assim mesmo. Hoje até que tá calmo, seu" — ela revira a carteira até achar o nome — "Raimundo. Aguarda ali. Pode sentar. Idoso tem preferência." Cabeça enterrada no peito, mãos apoiadas nas pernas, ele gostaria de ser mais religioso do que é. Queria poder apelar, socorrer-se de milagres, negociar outro futuro, outro presente. Daria sua vida, não hesitaria em oferecer sua própria vida. Está nesse devaneio, lamentando não crer, quando chamam seu nome. O homenzinho esmirrado de avental e máscara está do lado de lá da porta entreaberta, o umbral que separa vivos e mortos. Quantos deixarão ali toda esperança? Transposto o umbral, poucos têm o privilégio de voltar, embora sob o risco de o fazerem despedaçados. Profissionais da necropsia saltam de mesa em mesa como pássaros lúgubres. O odor acre agride as narinas e a baixa temperatura esmurra a lucidez de Raimundo. O homenzinho avisa que o levará ao corpo não identificado. Nos filmes, cadáveres estão metidos em gavetas que deslizam ao toque sutil do operador, em cenários assépticos. Era o que Raimundo esperava encontrar, mas o que lhe servem é uma enfermaria de campanha suspensa no tempo, onde soldados pereceram sem testemunhas, nem todos cobertos, faces esculpidas no gesso do último espasmo.

Transitando entre as vítimas insepultas da máquina do mundo, Raimundo não evita a impressão de que há uma história sendo contada e de que ela é a sua história, cujo fim só pode ser um. A máquina do mundo gigantesca e poderosa trabalha apenas para ele, toda a gente é coadjuvante do destino dele, Raimundo, e a engenharia das coisas todas se movendo em sincronia obedece a um único propósito, servir a ele a sentença que lhe compete. Nesse espírito ouve a voz miúda do homenzinho de branco que o prepara para a visão do corpo sob o lençol. "É esse aqui." Levanta o pano que cobre o rosto. Não é Luiz. Raimundo estremece. No caminho de volta, envergonha-se da alegria.

Abraçado a Lenora, na rua, chora feito criança.

Raimundo pede um café, Lenora, suco e uma coxinha. Estão sentados em banquetas de tampo rubro, apoiados no balcão de fórmica azul-piscina, sendo atendidos por dois jovens que se revezam, hábeis e ágeis, enfiando frutas no liquidificador, vertendo leite antes de acionar o aparelho, esquentando pães franceses na chapa, correndo-lhes a manteiga que derrete e pinga nos pratos de louça barata, adornados por frisos dourados. Nos guardanapos, lê-se Bar Santo Honório. No fundo do salão, o painel estampa a baía de Guanabara, contornos esmaecidos por camadas de pó e gordura, ao lado da efígie do padroeiro. A mesa de sinuca está livre. Os poucos fregueses parecem fatigados demais para jogar.

Raimundo e Lenora estão esgotados. É o que ela diz a ele, "o senhor deve estar esgotado". "Você também", ele devolve. O que os mantém despertos é a tensão. O alívio que sentiram não lhes permite relaxar. E o medo cresce, cada vez mais, à medida que as horas passam.

Raimundo quase adormece. O rapaz lhe estende o troco e o resgata para a vigília. Tudo está por fazer. Ele aguarda Lenora voltar do banheiro, sentado ainda, olhos postos desatentos no outro lado da rua, os transeuntes, automóveis, ônibus, a fumaça, os ruídos da cidade, cães vadios mijando nos postes, ele vê e não vê, entretido com o mistério do sumiço de Luiz, até que um choque abala a modorra: uma velha caminha desenvolta, subitamente estanca e o encara. A Beata.

"Diz à moça que está comigo que vá pra casa e me espere lá." Foi o que ele pediu a um dos atendentes antes de saltar desabalado para a calçada. Atravessa a rua desviando dos carros, ouvindo desaforos dos motoristas, e trota tão rápido quanto suporta, tropeçando no calçamento irregular e esbarrando nos pedestres. Vê que a mulher entra à direita. É uma casa, deve ser uma casa. A desordem do matagal entre madeiras podres empilhadas oculta o que quer que esteja além. O portão de ferro está trancado. Raimundo grita, deseja chamar a senhora mas não sabe como, sai-lhe um ronco indiscernível, grunhido áspero e truncado numa língua morta. Ele sacode o portão, que não cede. A corrente o prende ao cadeado. O esmalte nas setas pontiagudas é pura ferrugem e se esfarela. Inspeciona o muro e se detém na falha entre tijolos quebrados. Rasteja para o outro lado e explora o território sombreado pelos prédios vizinhos. Identifica a trilha acidentada e sinuosa que leva à casa em ruínas. São poucos metros, mas as barreiras, muitas. Parte do teto desabara, pondo abaixo a fatia posterior da parede lateral e facilitando a invasão do mato, de tal sorte que não se poderia dizer sobre os domínios da casa, com precisão, que dentro e fora se distinguem. O espaço além da meia-parede tombada é ainda mais escuro e úmido, imerso em vapores azedos e inebriantes, alguma coisa como cinquenta metros quadrados repartidos no passado, agora ligados na decomposição generalizada.

Raimundo aperta os olhos até acostumar-se com o breu e prende a respiração, instintivamente, como fizera no IML. A casa está ocupada por indivíduos dispersos em pequenos lotes, acampados ali sem palavras, prostrados em trapos no chão, acuados, esquálidos, um pouco menos mortos que os soldados de outras guerras, aqueles esquecidos na vizinha enfermaria de campanha. Raimundo percebe que está escalando os estágios da carnificina carioca. Alguns notam sua presença, desconfiados, mas logo recuam à indiferença. Ele caminha por ali, tomando cuidado para não pisar nos cobertores que delimitam territórios. Curva-se, examina de perto uns e outros embrulhados nas cobertas e logo se afasta, temendo assustar quem dorme. Garrafas tombadas, cachimbos para consumo de crack e restos de quentinhas atraem roedores, é a regra, mas a ele ratos não repugnam. O máximo que se permite é pisar mais forte ao lado do focinho do mais afoito que se aproximava dos pés de um homem. Não encontra a velha. Anda até os fundos, um pátio pequeno e um muro altíssimo. Ao rapaz que urinava no mato e regressa ele pergunta por uma senhora idosa, bem idosa, que viu entrar pelo portão. O moço lhe diz que se enganara, ninguém entrava pelo portão. "O portão está trancado desde o tempo em que os bichos falavam."

Raimundo não sabe o que pensar, de novo está perdido. Cansaço alucina? Era tão clara a visão. Alguém ouvira a pergunta sobre a velha: "A velha vai voltar, ela sempre volta quando anoitece. Certeza que ela volta". Raimundo tentou extrair mais do homem de olhos vermelhos, injetados, inflamados. "Quem é a velha?" "Tu quer que eu fale da velha. Tu é que falou da velha."

Raimundo não põe fé na informação, mas é o que resta para crer. Agarra-se, esgotado, ao retorno da mulher, o possível retorno da velha, o que de melhor ele faria senão esperar? Ata à promessa da volta o fio de vigília que o mantém consciente. A letargia é contagiante. Raimundo senta-se e apaga, recostado na parede.

Horas depois, a explosão de luz e vozes o desperta. O breu da casa agora é treva, cruzada por flashes de lanterna que o cegam como holofotes na sepultura. Ergue-se com dificuldade, apoiando-se na parede, corpo moído, e desaba sob o impacto do golpe na boca do estômago. Os policiais chutam os que estão no chão e agridem com cassetetes os demais, homens e mulheres. Gritam impropérios e batem como quem acerta contas com o destino, vingando-se de ofensas imemoriais. Raimundo levanta-se novamente e tenta justificar-se, o que lhe vale dois golpes nas pernas. A colônia de miseráveis é desalojada sem resistência e a lassidão impotente com que a tropa se depara, em vez de afrouxar seus músculos nervosos, parece excitar sua cólera. Depois da surra, são todos tangidos sob vara às viaturas da polícia. Os poucos pedestres que assistem à cena não demonstram interesse. Raimundo repara que o portão de ferro foi derrubado. Tenta de novo explicar-se e recebe a mão aberta na cara que lhe tira sangue do lábio. Zonzo, mal ouve o "vagabundo" que completa o ataque. Aos magotes, são jogados nos camburões.

Na delegacia, Raimundo descobre que documentos, dinheiro e celular não estão no bolso. Responde o que lhe perguntam, mas não explica por que estava na casa, "fazendo o quê". Fala do filho desaparecido, da visita ao IML, da impressão de que reconhecera uma velha amiga nas cercanias do instituto, da tentativa de alcançá-la, mas percebe que não o escutam, não registram seu depoimento, o qual vai ficando mais confuso quando ele relata a chegada à casa, o entorpecimento, o sono, a prolongada inconsciência. Declara o endereço da residência e do trabalho, embora duvide que ainda seja seu o emprego, implora que o deixem telefonar para a nora, mas não recorda o número. Não há mais tempo, empurram-no com os outros para a cela fétida no subsolo, sem água e sem luz, filial do inferno em cuja sede, décadas antes, iniciara aquele périplo.

A noite de domingo, passou entre presos, rogou que o ouvissem na segunda-feira, insistiu na terça-feira, jurou inocência na madrugada de quarta, quando o levaram desidratado e febril à emergência do posto de saúde, foi transferido para uma cela mais arejada, e praguejou e emendou frases sem nexo quando o escrivão o convocou. Finalmente, conduzido de volta à cela, imergiu na noite profunda e se demorou num abismo de lapsos e vastas paisagens vazias.

Na manhã do que parecia a Raimundo o futuro distante, foi chamado pelo preso com regalias por antiguidade e serviços prestados que atuava como funcionário informal da Polícia Civil. Uma pessoa com documentos fora buscá-lo. Ele seria liberado. A notícia confirmava a profecia. Em sonhos, a Beata varria o saguão da delegacia e tudo transcorria com naturalidade. Ele estava livre, preparava-se para sair. Na rua, Luiz o esperava. Ela postou-se em seu caminho e sussurrou: "O segredo de Luiz está tatuado em suas costas. Leia com as mãos, não com os olhos". Raimundo, nem um pouco espantado, mas intrigado, contesta: "Impossível, minha vó. As mãos não alcançam".

A velha se irrita: "É impossível nas suas costas. Você tem de ler nas costas do outro". Diz isso como se reagisse a uma insolência e anda célere para um corredor que engole sua imagem.

Lenora e Rodney o aguardam. Há uma mulher varrendo o salão. É jovem, bonita e se incomoda com o olhar insistente do maltrapilho. Os amigos amparam Raimundo, cujas pernas vacilam. Ele recusa o apoio dos dois, agradece e firma os passos. Quer saber de Luiz. O filho está bem, ligou e disse que está bem, mas que não voltaria tão cedo. Tampouco informou onde estava e por que sumira. Raimundo se alegra e deprime ao mesmo tempo. Como se o punhal que rompe amarras lhe rasgasse as vísceras. O pressentimento é ruim, em certo sentido pior do que a morte. É o que ele sente, embora não compreenda o significado daquela intuição. Nada lhe resta senão decifrar o sonho. Tem certeza de que a chave está no sonho, mas quem tem a chave do sonho?

Solitário em casa, dias e noites, recompondo as forças e ruminando a ausência de Luiz, amargurado com o abandono do trabalho, angustiado com as consequências, vacilando entre se desculpar, tentar uma segunda chance e resignar-se aos imperativos do orgulho, Raimundo se convence de que não há por que buscar a chave do sonho. O que havia para dizer o sonho tinha dito. O que lhe falta é humildade para seguir a orientação. Lendo com as mãos o desenho da Beata encontraria a resposta. O segredo de Luiz está no corpo dele. E de seu irmão espiritual.

Raimundo lembra que Branca enviara o endereço de Eugênio num velho postal endereçado a Linda. Tudo o que recebiam, a mulher considerava precioso e guardava como um tesouro. O pequeno baú está no mesmo lugar. Raimundo jamais se desfizera de nada que pertencera a Linda, nem sequer de suas roupas — os vestidos de bolinha e as blusas continuavam pendurados nos mesmos cabides. Para que Raimundo precisaria de mais espaço? Os perfumes ainda estão na cômoda. A ele sempre bastou o lado da cama em que dormia. Os travesseiros da mulher permanecem intocados. Tocar no mundo de Linda seria desleal. A dedicação integral que a mulher lhe devotara merecia ao menos essa demonstração de fidelidade.

Quando o postal com o endereço chegou, Raimundo não viu motivo para procurar Eugênio, entre eles só havia em comum uma pequena fração do passado e as bênçãos da Beata. Branca tinha mania de juntar as pessoas como se todos os encontros criassem laços eternos. Revendo agora sua decisão de manter distância, hesita. Já não tem certeza de que foi correto ignorar que compartilhavam a rasga-mortalha inscrita na pele. A tatuagem talvez representasse um vínculo espiritual, quase um parentesco, mais ainda, fraternidade. A própria Beata falara em irmãos. Talvez o desenho no corpo correspondesse a uma espécie de batismo na mesma família. Além disso, matutando, Raimundo reconhece que temia retomar o contato com uma pessoa instruída, de outra classe social. Quando renunciou ao ofício de que não se orgulha, optou por gastar as economias para instalar-se na metrópole e, esgotada a poupança, calibrar para baixo as expectativas de acordo com o nível salarial de um trabalhador imigrante. A verdade é que não se sentiria confortável reencontrando o irmão rico.

Abre o baú. Estranha que os blocos, cadernos, envelopes, as caixinhas e as fotos estejam em desalinho. Alguém havia mexido. Só podia ser Luiz. Nenhum problema. Direito dele. Mas é estranho. O filho tem certo pudor, nunca o tinha visto revirando aquelas coisas.

Percorrer os restos de um mundo que findou é doloroso. Mesmo atendo-se aos postais de Branca, Raimundo não resiste a fuxicar bilhetes de Linda, fotos dela com Luiz novinho, aniversários de Luiz, Linda feliz por alguma razão perdida no tempo, flagrantes dos momentos mais belos. Velhice é isso, ele diria se encontrasse as palavras certas: tremer diante da memória.

As horas a fio na exumação o fazem duvidar se aquela correspondência teria sido guardada, mas, sim, ali está o endereço, e o alerta: o nome verdadeiro de Eugênio é Teófilo Aguiar. Valeria, ainda, tantos anos depois? Só há um meio de saber. Raimundo veste a roupa de domingo, vai até a cama e a afasta da parede. Atrás da cabeceira, abre uma espécie de gaveta oculta, onde guarda sua velha arma, munição, uma foto esmaecida de mãe Beata e um maço de notas. Para que levar a arma? Motivo não tem, mas ele põe tudo nos bolsos do paletó, dinheiro, arma, foto, tudo. Encosta a cama na parede e vai cumprir seu dever.

Desvia-se por impulso até a casa de Lenora. Ela o recebe na porta, Raimundo não quer entrar:

"Vim só agradecer de novo, não agradeci como devia."

"Não tem nada que agradecer."

"Você é quase minha nora, parte da família. Nunca te disse, mas vou ficar feliz com o casamento de vocês."

"Não vai ter casamento nenhum, não, seu Raimundo. Eu amo seu filho, mas a pessoa que o senhor conhece não é o Luiz."

O filho de Lenora abre o berreiro no interior da casa e ela entra às pressas, desculpando-se. Deixa Raimundo com aquela coisa que ele não sabe o que é amarrada no peito, sua vida mergulhou toda em mistério.

No meio da tarde, antecipando-se aos congestionamentos inevitáveis, Raimundo vai de van até a Central do Brasil e de trem até o Engenho de Dentro, voltando, portanto, na direção da Zona Oeste, estupidez que o irrita quando já é tarde demais. Viagem que aumenta o desconforto na boca do estômago, com o qual passou a conviver desde a prisão. Informa-se na bilheteria. O endereço está na ponta da língua. Segue o caminho indicado. Fosse mais arborizada, a rua de paralelepípedos seria aprazível. Sem edifícios, com portões baixos e pequenos jardins, calçadas limpas, pouco movimento, garagens coladas nas casas, alguns sobrados. Raimundo confere a numeração e toca a campainha. Um, dois minutos sem resposta, hesita entre tocar mais uma vez e desistir. "Pois não?", a voz vem de fora da casa. Na outra calçada, carregando sacolas, uma mulher se aproxima.

"A senhora mora aqui?"

"O que o senhor deseja?"

"Sou um velho amigo de Teófilo Aguiar, meu nome é Raimundo Nonato, não sei se ele ainda mora aqui."

"Boa tarde. Iara. Segura aqui pra mim, por gentileza."

Raimundo põe as alças de duas sacolas no antebraço esquerdo e segura a terceira com a mão direita, enquanto a mulher abre o portão, cruza o quintal e destranca a porta da sala.

"Entra, por favor. Fica à vontade."

"Desculpa vir assim, dona Iara, sem avisar. A senhora é a esposa dele?"

"Pode botar aqui no chão da cozinha. Obrigada. Viúva. E deixa o 'senhora' de lado."

"Viúva?"

"Sei quem é o senhor."

"Eugênio falava de mim? Quer dizer, Teófilo?"

"Quantas vezes ele não me contou a aventura de vocês."

"Lamento muito que, a senhora sabe, a gente não era assim amigo, amigo de se falar, se visitar, mas…"

"Eu sei. Puxa aquela cadeira, senta. Vou passar um café. Você toma café?"

"Tomo, sim."

"Quer água? Nesse calor, aqui é sempre quente."

"Aceito, obrigado. Tem muito tempo?"

"Três anos. Faz três anos mês que vem."

E vão assim trocando amenidades cordiais, ora no tom de condolências e recordações, ora no ritmo da vida que segue. Iara está curiosa pelo interesse súbito do visitante, mas evita a pergunta direta, seja por julgá-la indelicada, seja por supor que a explicação virá com naturalidade, se tiver paciência. E ela vem, após o copo d'água, o café, os biscoitinhos e o licor, que Raimundo recusou.

"Nem um golinho pra experimentar?, é de jambu, veio da Amazônia. Vale a pena, viu? Tem certeza?"

A sala de visitas é mais comprida do que larga. A escada para o segundo andar fica do lado esquerdo de quem entra, a cozinha, do direito, depois da porta que dá na garagem. O primeiro espaço é tomado por um tapete de cor neutra, um sofá estreito de madeira e palha trançada encostado à parede, sob a janela, formando um conjunto semicircular com duas cadeiras também de madeira e palha. A segunda parte da sala se destaca pelo colorido da tapeçaria que toma a parede oposta à estante repleta de livros: elefantes, califas, mulheres de dorso nu, frutas douradas e verdes, vinho tinto vertido de fonte natural, lanças, arqueiros e videiras contra um céu azul berrante. O chão é de lajotas sem proteção, palco para um sofá e três poltronas, em torno da mesinha baixa com os copos, as xícaras, o bule, a jarra, a garrafa de licor e os cálices. Na lateral da estante pende um cocar indígena. Sob a escada, reina a estatueta de Iansã, ornada por rosas vermelhas, vizinha à porta do pequeno banheiro.

Iara liga o ventilador de teto e acende uma a uma as quatro luminárias, porque a sala escurece antes da cidade. Os movimentos oferecem a Raimundo oportunidade de observá-la. São da mesma idade, aproximadamente, ela mais baixa e mais ágil. A anfitriã enche o cálice, eleva-o na direção do visitante, "Tem certeza?", ele sorri e nega com meio gesto sutil. Naquele momento, são tragados pela pausa que aniquila a espontaneidade.

Ela suporta melhor o vazio, ao menos nesse caso. Raimundo se apressa a romper o silêncio. A ansiedade não lhe dá trégua. A cordialidade do encontro o obriga a dizer alguma coisa, entretanto não há o que dizer. Ele cometera um erro. Só isso. Erro que homem maduro não pode cometer. É deprimente, mas nada resta a fazer senão admitir o equívoco e voltar para casa.

"Não quero tomar muito seu tempo, dona Iara, mas não posso ir embora sem explicar minha visita."

Ela espera em paz.

"Vim falar com o finado. Pedir um favor. Talvez ele entendesse. Meu filho sumiu, o Luiz. Desapareceu. Depois deu notícia, mas não falou comigo. Mal falou com a namorada, noiva. Já nem sei se é namorada, noiva, alguma coisa. Não sei mais nada. Ela me disse que não conheço meu filho."

"Os jovens são assim, não são?"

"Não, não, Luiz não é assim, eu vou contar todos os pedaços da história. A senhora vai entender minha aflição."

Quando Raimundo conclui o relato, já é noite. Ele deixa de fora o sonho.

"E você pensou que Teófilo poderia te ajudar a localizar Luiz?"

"Porque teve o sonho."

E contou o sonho. A tatuagem, a Beata, a leitura com as mãos das costas do irmão, leitura de cego, a revelação do mistério, a chave do segredo.

"Quando a senhora falou que Teófilo tinha falecido, morreu também minha esperança. Mãe Beata disse que minha história ia terminar com o encontro de irmãos. Não pode mais acontecer."

É a vez de Iara:

"Teófilo foi assassinado."

Cala-se um instante e pede licença. Vai ao banheiro. Volta com o rosto lavado e retoma a narrativa:

"Eu vinha chegando, como hoje. Vi um homem saindo pelo portão. Era comum receber visita. Teófilo tinha muitos amigos, alunos, colegas, ele era professor de história do ensino médio. Mesmo assim, não sei por quê, achei estranho aquele sujeito, intuí alguma coisa ruim, sabe? Não sei o que ele me passou. O jeito, o olhar de caçador. O homem parecia carregar um peso maior que ele. Meu coração se acelerou. Acho que ele percebeu minha aproximação. Andou muito rápido na direção contrária, nem bateu o portão. O portão se abre por dentro sem chave e tranca automaticamente quando bate. Deixar o portão aberto parecia querer me dizer alguma coisa. Sabe quando você viu a Beata do outro lado da rua e saiu correndo atrás dela? Aconteceu mais ou menos a mesma coisa comigo. Era como se eu tivesse visto tudo naquele portão aberto. Corri, a porta da frente também estava aberta."

Outra vez, cala-se. Aperta os lábios e seca o rosto com o braço esquerdo. Raimundo verte a água da jarra no copo e lhe entrega.

"Não precisa, dona Iara, a senhora não tem que passar por isso."

"Quando eu entrei."

Raimundo respeita o silêncio. Não adianta impedir a mulher de contar sua história. As pessoas têm que falar. Luiz ia fazer psiquiatria e lia sobre isso. Quando visitaram, os dois juntos, uma vizinha cujo filho tinha sido morto, ela falava e se afogava nas lembranças. Raimundo tentou poupá-la do martírio, porque era como se, narrando, ela revivesse a tragédia. Luiz fez-lhe um sinal, depois explicou que é assim, as pessoas têm que falar.

"Ele já... Não tinha mais o que fazer. Tiro na nuca."

Iara se serve do licor de jambu. Bebe a dose até a última gota.

"A gente foi muito feliz, Raimundo. Eu era uma índia exótica, rechonchuda, briguenta, pobre e muito orgulhosa. O orgulho vinha da insegurança. Eu não me dava valor, tinha sido vendida pra uma família depois que meus pais foram assassinados por grileiros no Norte. A família prometeu me dar estudo e alimentação, mas virei escrava. Pra tudo, sabe, Raimundo? Teófilo me deu valor e me ensinou que o orgulho não podia ser o escudo da insegurança, tinha de ser o reconhecimento merecido. Me ensinou que o Brasil pertencia a meu povo e ao povo negro, que isso tudo o que a gente vive é um grande assalto, um assalto gigantesco que dura séculos. Teófilo me fez estudar."

Iara faz uma pausa. O som que se ouve agora é o ronco suave do ventilador de teto.

"Teófilo me deixou esta casa e um vazio tremendo. Ele tinha o sonho de fazer uma revolução que nunca aconteceu, sabe, Raimundo? Mudar o país. Salvar o país. Teve de se contentar com a militância no sindicato, onde eu trabalho até hoje. A gente planejava não morrer."

Ela para. Ergue e abaixa a cabeça duas vezes.

"Não morrer. E ir pro Norte. Botar fogo nesse país. A ventania vem de lá. Teófilo brincava assim: a ventania vem de lá."

Ela bebe água.

"Depois de tudo o que Teófilo fez por mim, eu devia a ele uma homenagem."

Levanta-se.

"Agora eu entendo que a homenagem que eu fiz a ele era o pagamento de uma dívida. Uma dívida que ele tinha com você. Eu não sabia, mas a gente não tem que saber. Os espíritos conversam sem que a gente ouça. Minha alma ouviu o pedido dele e não me contou, mas sua visita agora está me contando."

Iara tira a blusa, afrouxa o sutiã e o joga no chão, abre a saia e a deixa cair, puxa até os pés a calcinha. Vira-se de costas e volta a encarar Raimundo. Seu corpo inteiro está coberto pela rasga-mortalha — o mesmo desenho que Raimundo traz nas costas desde a juventude.

"Eu tinha a foto e mandei tatuar em mim quando ele partiu."

A mulher abre os braços.

"A esperança não morreu, Raimundo. Você ainda pode ler com as mãos o mistério do seu destino."

Raimundo não sabe o que fazer.

Ela mantém os braços abertos, luminosa e bela como uma aparição.

"Vem."

Raimundo levanta-se da poltrona, dá dois passos, põe-se diante de Iara, hesita, ela segura suas mãos e as coloca em seus seios, passeia com elas, abdômen, quadris, púbis e coxas, vira-se de costas, ele segue palmilhando, timidamente, o corpo da mulher, ela volta à posição original e, tomando-lhe as mãos, as esfrega com força de alto a baixo no próprio torso, no ventre, no alto das pernas entreabertas, no sexo, nos seios, e de novo vira-se de costas.

"Toma todo o tempo do mundo. Pra descobrir seu segredo, você tem de decifrar a mensagem do desenho, sentir cada centímetro, cada risquinho, as cicatrizes miúdas, esses carocinhos nos encontros entre as linhas, os nós da tinta. Meu corpo não pode ter segredos pra você."

Iara dirige Raimundo, conduzindo-o pelo punho até o sofá. Deita-se de frente para ele, esfrega os dedos nos dedos do homem, sente as calosidades, a pele ressecada e grossa, e os enfeixa em círculo em torno dos bicos dos seios, onde os traços mais agudos do pássaro mítico resvalam.

"Você tem de se concentrar e explorar."

Raimundo tateia a pele tesa de Iara, mas não consegue ver senão a mulher sob suas mãos, e lhe custa muito, muito, escapar ao transe do desejo, escapar ao corpo, passar de um a outro, elevar-se, intuir sussurros celestiais. As pontas de seus dedos estão úmidas. O murmúrio que ele ouve é tão físico.

Ela fecha os olhos. Aos poucos as mãos estão mais livres, alternam o toque e a pressão. Iara sente a passagem dos dedos que sobem e descem, entre a linha e o ponto, o plano curvo das vértebras e os músculos crispados, colinas e quedas, a cordilheira que tomba no vale, os circuitos que conectam a massa espessa aos contornos, a penugem eriçada quando os poros afloram e se abrem, a passagem do tempo que enrijece e reflui, os espasmos que convocam a compressão mais sólida e precipitam a incandescência e o ardor, minando a resistência à entrega, que é trégua e água.

Demoram-se horas nessa evocação do sublime, até que, expandidas as reservas de energia ao limite, as defesas saturadas se entorpecem e desatam assombros trincados, o staccato do pulso até o colapso.

Beijam-se, jogados no chão, e contemplariam o céu em silêncio ao longo da madrugada, não houvesse paredes, teto e responsabilidades. Raimundo é um fogaréu de felicidade e culpa. Felicidade, vergonha e decepção.

"Não consegui", ele diz, "não descobri nada, não pensei em nada, não consigo pensar em nada."

"Teófilo foi assassinado por causa da tatuagem."

Raimundo não compreende.

"O assassino foi preso. Disse que foi vingança. O homem que matou o pai dele no Espírito Santo tinha essa tatuagem nas costas."

Raimundo contrai o rosto.

"Como é que ele chegou até o Teófilo?"

Iara se levanta, vai à estante, puxa um livro e o leva a Raimundo, que está sentado no chão, recostado no sofá. Senta-se, nua, a seu lado. Ele olha a capa, folheia as fotos. Ela lhe toma o livro, procura uma página e o devolve, aberto.

"O autor, Betinho, foi aluno de Teófilo. Era um menino estudioso, adorava o professor. Seu sonho era chegar à universidade. Teófilo ajudou o quanto pôde. O garoto era pobre, morava com a mãe, tinha irmãos, precisava ajudar nas despesas, trabalhou desde cedo. Deu certo. O menino cresceu, se formou e hoje dá aula na faculdade em que estudou. Depois de graduado, ele queria seguir carreira e fez o mestrado. Esse livro é a pesquisa dele, um estudo sobre tatuagens, a arte da tatuagem, uma coisa assim. Ele sabia que Teófilo tinha uma tatuagem, foi daí aliás que tirou a ideia da pesquisa. Quando pediu pra fotografar a tatuagem do velho professor, que era uma espécie de padrinho dele, claro que Teófilo concordou. Não era seu estilo ficar se exibindo, mas também não tinha por que esconder."

"O assassino viu o livro."

"Não, quer dizer, sim. Ele viu as fotos que saíram numa revista popular pra público jovem. A revista entrevistou o aluno do Teófilo, fez uma grande matéria sobre o livro dele e publicou uma seleção das fotos. Da revista ele foi atrás do livro, que traz o nome e o resumo da biografia do Teófilo e das outras pessoas fotografadas, tudo direitinho. O cara descobriu que ele passou uns anos no Espírito Santo, antes de vir pro Rio. A época coincidia com a morte do pai."

"Seu marido salvou minha vida. O alvo era eu."

"Foi o que imaginei."

"Você não me odeia por causa disso?"

Iara não responde. Segura a mão de Raimundo, em silêncio. Ficam assim, calados, remoendo a história e seu labirinto.

"Você não tinha salvado a vida dele?"

Permanecem calados, até que ele rompe o silêncio:

"Será que Luiz soube do crime, quer dizer, da versão do assassino?"

"Saiu na mídia. Ele pode ter lido alguma matéria, sim."

"Tenho a impressão de já ter visto esse livro. Nunca abri, não vi as fotos, mas a capa não me é estranha. Talvez Luiz..."

Minutos mais tarde, de pé, Iara repara a melancolia pastosa de Raimundo.

"O que é que você tem?"

"Foi bonito te conhecer, mas eu tinha a esperança de saber o paradeiro de Luiz ou, pelo menos, entender por que... Aquele sonho, você sabe."

"O sonho tava certo, não tava?"

Raimundo a interroga com os olhos.

"Claro que tava certo. Com as suas mãos, você ia achar respostas, e achou. Não estou te contando o que aconteceu?"

Ele continua sem compreender.

"Luiz descobriu."

"O quê?"

"O que você não gostaria que ele descobrisse."

A pausa às vezes pesa demais. Raimundo preferia não falar, mas precisa falar.

"Por que você diz isso?"

"Ele foi atrás de seu passado antes de você."

"Tem coisas que é melhor deixar quietas."

"É melhor, mas nem sempre elas respeitam o pacto que a gente faz com elas. Elas nem sempre ficam."

"O quê?"

"Quietas. Nem sempre as coisas ficam quietinhas lá no canto delas, no passado, embrulhadas, no fundo da mala velha, dentro do porão. Às vezes, elas ganham vida própria e visitam a gente, no fim de um dia qualquer, pra mexer com a gente, provocar. Aí, Raimundo, só tem dois caminhos."

Ele olha, temendo o que ela dirá.

"Ou a gente toma a frente e dá um jeito, ou elas mandam na gente e dão o jeito delas, que pode ser ruim, ruim de verdade."

"Explica, Iara."

"Tem alguma coisa em seu passado que tá mal resolvida. Talvez você tenha deixado pra lá e pronto. Parece que tá na hora de encarar. Esquecer nem sempre dá certo."

"Luiz."

Agora, é Iara que fica no ar.

"Vou te contar. Nem pra Linda eu contei. Ninguém sabe. É a primeira vez que eu conto. Mas também é a primeira vez que conheço uma mulher como você, é a primeira vez que eu passo mil anos em uma noite com uma mulher."

A voz estremece. Iara beija sua boca e lhe acaricia o rosto com as duas mãos. A emoção retarda o relato.

"Foi assim. Eu tava no carro olhando pro sítio. Via de longe uma casa afastada de tudo. Tirei o binóculo do porta-luvas. Tinha um homem na frente da casa. Ajustei a lente até enxergar o rosto. Eu precisava ter certeza, identificar bem a pessoa. O homem entrou na casa e deixou a porta aberta. Ali não tinha por que fechar. Quando me passaram a ficha, disseram que ele não tinha família. Vivia isolado do mundo, em total solidão.

"Peguei a carabina, que tava debaixo do banco do carona, e pus no colo.

"Arranquei a toda a velocidade. Tinha de pegar o cara de surpresa. Não podia dar a ele, nem a mim, tempo de pensar. Se a gente pensa muito nessas horas, não faz o que tem de fazer.

"Freei o carro e saltei com a arma engatada, sustentada no braço esquerdo. O homem saiu correndo da casa, assustado com o barulho. Ele levou o primeiro tiro na porta, deu uns passos pra trás, cambaleando, e foi alvejado a segunda vez, já dentro da casa. Minha camisa ficou suja de sangue. Tirei ali mesmo. Ele devia ter alguma reserva no armário. Foi quando me dei conta daquilo que o sujeito tinha gritado. É que o cara gritou, mas eu nem ouvi direito. Quando tirava a camisa é que captei as palavras: 'Não, não faz isso, não atira, pelo amor de Deus. Ele não tem ninguém. Ele não tem mais ninguém'.

"E aí veio o pior. Escutei um choro de bebê.

"Fiquei doido. Corri pra dentro da casa. No fundo do quarto, tinha um berço, no berço tinha uma criança de uns seis meses.

"Eu não sabia o que fazer. Peguei o bebê no colo e abracei.

"Merda, merda.

"Eu andava de um lado pro outro, transtornado. A criança não parava de chorar.

"Inspecionei a casa, com o bebê no colo. Numa gaveta, estavam a certidão de nascimento e um atestado de óbito. A criança era filha do sujeito. A esposa morreu no parto. Por que é que ele tinha levado aqueles documentos pro sítio? Talvez ele tivesse medo de perder a guarda do filho.

"Achei leite, esquentei e dei pro menino até ele se saciar e adormecer.

"Pra mim mesmo eu ficava dizendo: não queria fazer isso. Uma coisa é deixar abandonada uma avó que não sabe a diferença entre os vivos e os mortos — porque tinha uma avó. Outra é destruir o futuro de uma criança. Essa vida não presta. E disse pro bebê: vou cuidar de ti, nunca vou te deixar, nunca. Me perdoa. Vou te proteger. Tu vai ser melhor que eu. Tu vai ser um homem de verdade, um homem por inteiro. Vesti uma camisa que tava no armário e fui embora com Luiz.

"Vinte e quatro horas depois, nos arredores de Vitória — isso aconteceu no Espírito Santo —, parei num motel de beira de estrada, dei um troco pra faxineira comprar leite e fralda, porque tudo o que eu tinha trazido do sítio estava acabando. Enquanto esperava no quarto, liguei a TV e já noticiavam o assassinato. Diziam que os assassinos tinham sido surpreendidos pela polícia e morreram, na troca de tiros. Apareciam os nomes e as fotos. Eram o policial civil aposentado e o agente penitenciário que constavam, no material que eu tinha recebido, como cúmplices dos crimes de que o sujeito que eu matei estava sendo acusado. Recebi o material das mãos do cara que me contratou para fazer o serviço. O cara dizia que representava um tal desembargador. Na reportagem da TV, mostraram a foto do desembargador. Era o mesmo filho da puta que se encontrou comigo. Ele me jurou que ninguém seria incriminado. Nunca aceitei que um inocente pagasse por mim. Tem mais: ele disse que a execução precisava acontecer em menos de quinze dias. Sabe por quê? A reportagem explicou tudo pra mim: a pessoa que eu matei era a testemunha-chave no julgamento em que o acusado era o desembargador. Era ele que pagava os agentes pra liberar presos à noite. Os presos saíam, assassinavam quem ele mandava e voltavam antes do amanhecer. A serviço do desembargador. Eu tinha de me vingar e vingar o desgraçado que eu tinha matado. O desembargador desgramado me usou para o que existe de pior.

"Pedi à moça do motel que ficasse com a criança durante a noite, porque a mãe estava doente e eu ia levar o bebê para os avós cuidarem, mas antes precisava resolver uns problemas. Eu estava louco de ódio. Disposto a invadir a mansão do filho duma égua a qualquer custo. Ela disse que não, não podia, eu dobrei a proposta, ofereci quase todo o dinheiro que tinha, precisava resolver aquilo de qualquer maneira, ela se negou, parecia ter medo de mim, ou ter medo de que eu não voltasse. O medo daquela mulher e o sono em paz do bebê na cama do motel me fizeram perceber que ali o destino fazia a curva. Dali eu fui pra Minas, atrás de Linda, atrás de minha segunda vida."

Raimundo se cala, sentado no chão, cabeça posta no assento do sofá, onde Iara, deitada de bruços, pede que ele a abrace. O esforço para narrar a cena foi tamanho que ele desaba um milhão de noites até a casinha da mãe. Agarra-se à mulher com a urgência do perdão, uma palavra que seja, embora ciente de que só ao filho compete o juízo final.

Iara não está quando Raimundo desperta na sala em desarranjo, a manhã tocando a janela. Põe-se de pé num pulo e custa a juntar os pedaços de memória espalhados pelo corpo. Procura as calças, recompõe-se, vai ao banheiro, lembra-se do paletó, do bolso do paletó. Continua pendurado no mesmo lugar, intato. Estupidez trazer a arma. Tudo é, sim, o que parece. Ele está em casa — sensação paradoxal para quem tenta se localizar. Imagina que Iara tenha ido deitar-se no quarto e não ousa subir as escadas. Prefere ir embora discretamente. Ela entenderá. Veste-se, toma um copo d'água, aproveitando o que resta na jarra sobre a mesinha. Na saída, pega o vaso com rosas vermelhas que adorna o altar de Iansã e o deposita a dois metros da porta, bem na passagem, para que Iara não tenha dúvida sobre o recado. Abre e fecha a porta sem fazer barulho. A garagem está aberta. A anfitriã lava o carro de bermudas.

"Cedo assim?", é o que lhe ocorre dizer.

"Você vai precisar. Tava um nojo. Fica muito tempo parado, acumula poeira."

"Eu vou precisar?"

"Você não disse que roubaram seus documentos? Se você tinha carteira de motorista, não tem mais. Então, quem vai dirigir sou eu. E eu só sei dirigir meu carro. Tudo bem? Vou te emprestar os documentos do Teófilo pra quebrar um galho, mas não daria pra você correr o risco de dirigir com eles, concorda?"

"Como assim, Iara?"

"Você não chegou à conclusão de que o passado se recusou a obedecer à ordem de ficar quietinho?"

"Nunca disse isso."

"Ah! Ele ficou quietinho? Tá lá, encantado, bonitinho, no canto dele?"

"Não."

"E aí? Você vai deixar a enchente invadir sua casa?"

"Não, mas…"

"Mas o quê?"

"Não deixar a enchente invadir a casa significa fazer o quê?"

"O que tem de ser feito."

"E o que tem de…"

"Olha, Raimundo, vê se abre essa cabeça e mete uma coisa nela. Seu filho tá bem longe, saiu na sua frente nessa corrida, tá lá, remexendo no baú desse passado maluco seu. Aonde você acha que ele foi? Deixa de ser teimoso, homem. Luiz não é bobo. Passou no vestibular de medicina. Tá ligado no vasto mundo, seu Raimundo. Claro que ele soube do caso do Teófilo, claro que passou pela cabeça dele a hipótese de que, se

Teófilo é inocente, alguém não é, alguém que tem a mesma tatuagem nas costas, um desenho raríssimo, único, como o Betinho demonstrou no livro dele."

Raimundo abaixa a cabeça.

"Se Luiz foi atrás dessa história, tá no Espírito Santo, rondando arquivo de Justiça, de jornal, entrevistando juiz, promotor, policial, gente que atuou no caso. Esperto ele é."

Ela continua:

"Você tem uma chance, só uma. Contar você mesmo a verdade pra ele."

"Não, Iara, acho que posso fazer melhor. Posso fazer justiça."

"Contra você mesmo?"

"Isso também vai acontecer, mas a justiça tem de começar antes. Eu fui o criminoso que apertou o gatilho, vendi minha coragem e minha alma, mas alguém comprou."

"Eu te levo pro Espírito Santo se você me prometer que depois vai comigo pro Norte."

Ela se aproxima de Raimundo, tasca-lhe um beijo, sorri e conclui:

"Fazer a revolução."

Rose e Andinho

Luiz leu a reportagem da revista oscilando entre incredulidade e angústia. Era um soco na boca do estômago quando ele absorvia o conteúdo na clave da paranoia, e uma viagem lisérgica quando o assimilava pelo viés crítico e distanciado. Tatuagens há muitas, coincidências são tantas, a vida se faz de acaso e necessidade, isso ele aprendeu cedo, bem antes do pré-vestibular. O acaso joga um papel decisivo juntando as pontas, embora só permaneçam unidas as pontas que se encaixem. Ele jamais comentou com ninguém, muito menos com o pai. Raimundo era reservado, especialmente no que dissesse respeito à rasga-mortalha nas costas. Luiz não sabia por quê, nem sua mãe, que certa vez lhe disse: "Não faça perguntas a seu pai. Ele não gosta de falar do passado". Tudo o que ela mesma sabia sobre a tatuagem era quase nada: tinha sido feita por uma benzedeira nordestina, mãe ou avó espiritual de Raimundo, e ele a respeitava tal qual a um manto protetor. Como o que é sagrado quase sempre é tabu, era compreensível a reserva do pai.

Por via das dúvidas, Luiz comprou o livro de Alberto Cruz indicado na reportagem da revista. As tatuagens eram classificadas segundo vários critérios estéticos, culturais, políticos e regionais. Algumas se distinguiam pela originalidade. Cruz as considerava únicas por detalhes que refletiam "caligrafias idiossincráticas e inscrições autorais". Luiz teve que procurar no dicionário o significado de "idiossincrático". Por isso, nunca esqueceu. A rasga-mortalha era uma delas. O portador fotografado tinha um nome do qual não ouvira falar em casa. Provavelmente, Raimundo e Linda não o conheciam. Outro número da revista voltava à primeira reportagem, dessa vez destacando o homicídio. O fato de o portador da tatuagem ter sido morto por causa dela, confundido com outro indivíduo, era inquietante. Luiz se colocou na posição do autor do livro e imaginou como ele estaria se sentindo culpado por ter exposto a pessoa. A mesma revista publicou no número seguinte um debate entre especialistas sobre ética da pesquisa e do jornalismo, cujo tema era a morte de um inocente. Casos semelhantes foram mencionados. Luiz os ignorava.

Depois de fazer ninho em sua cabeça, a história da vingança contra o homem errado que tinha a mesma tatuagem de seu pai foi perdendo lugar para a avalanche de ambiguidades na relação com Lenora, os planos de montar uma peça na comunidade, a militância na política estudantil, a longa preparação para o vestibular. A paisagem mental permaneceu pacificada até que colegas deram a ideia, entusiasticamente acolhida pela professora, de um trabalho de grupo sobre prisões e prisioneiros, punitivismo e encarceramento. Luiz não hesitou. Candidatou-se e foi aceito pelos idealizadores do projeto, que ainda por cima aceitaram sua proposta: entrevistariam o assassino confesso de um inocente que cumpria prisão preventiva e aguardava julgamento.

A realização do trabalho foi mais difícil do que os estudantes supunham, a começar pela autorização para a entrevista. Quase desistiram. Finalmente, obtiveram a licença. A professora recomendava: "Anotem tudo, registrem tudo, os cheiros, o clima, as linguagens corporais, descrevam inclusive os obstáculos à autorização. Isso faz parte da prisão, do contexto geral, da cultura do encarceramento".

O relato de Lúcio Coelho sobre a morte do pai, Leopoldo, que era agente penitenciário no Espírito Santo, cerca de dezenove anos antes, mexeu profundamente com Luiz. O depoimento repetia o que ele havia lido na reportagem, com uma riqueza de detalhes muito maior e a emoção que nenhum jornalista ou escritor conseguiria captar. O conteúdo era aproximadamente o seguinte, ao menos foi assim que Luiz escreveu com base em suas notas e aplicando a técnica que aprendera sobre dramaturgia e redação de roteiro para teatro. Os colegas aprovaram e a professora deu dez ao grupo.

Faz calor, nesses dias. Calor de dia e frio de noite.
O agente penitenciário está na sala, lendo a Bíblia. Lúcio, o filho de doze anos, ouve música, gravada em fita cassete.
"Abaixa isso, Lúcio. Vai acordar seu irmão."
"Puxa vida, pai, não aguento mais esse lugar. Até quando a gente vai ter de ficar aqui?"
"Falta pouco. Alguns dias."
"Falta pouco pra você. Pra mim, um dia, uma hora, um minuto é um ano inteiro, que não passa nunca, uma vida inteira. Não tem nem televisão nessa merda."
"Olha como fala com teu pai. Mais respeito. Não quero ouvir mais palavrão nessa casa."
Lúcio desliga o gravador com força, levanta-se, dá um pequeno chute na almofada e se retira da sala. Vai até a cozinha, sai para o quintal, começa a fazer embaixadas com uma bola de plástico, a bola escapole para a pequena faixa de quintal lateral à casa.
Quando se abaixa para pegar a bola, ouve uma freada em frente à casa. Escuta seu pai correr para a entrada. Um tiro. Lúcio vai até uma pequena janela redonda na parede lateral, quase uma escotilha. Dali, vê seu pai, sangrando, cambalear para trás, um homem entrando na casa, arma na mão, e o pai: "Não, não faz isso, não atira, pelo amor de Deus".

Quase ao mesmo tempo, o segundo tiro. Vê seu pai caído, agonizando, e o escuta dizer quase sem voz: "Ele não tem mais ninguém".

O assassino tira a camisa manchada de sangue. Suas costas ostentam uma tatuagem grande e assustadora.

Mal os tiros são disparados, Lúcio ouve o choro convulsivo de seu irmão, ainda bebê.

Desse momento em diante, não ouve nem vê mais nada. Corre, em desespero, para a mata que fica ao lado dos fundos da casa.

À noite, tremendo de frio, fome e medo, ousa retornar. Encontra o pai morto e vê que seu irmão foi levado. Desaba sobre o corpo do pai.

As palavras exatas de Lúcio na entrevista foram estas: "Caí chorando sobre o corpo de meu pai. Meu irmão tinha sumido. Foi sequestrado pelo assassino".

O que Luiz não pôs na cena foi a conversa paralela com Lúcio. Enquanto os colegas se distraíam com problemas do gravador e comentários sobre a arquitetura totalitária da Casa de Custódia, ele tentou extrair mais do criminoso:

"Você não imaginava que pudesse existir outra pessoa com uma tatuagem igual à do assassino de seu pai?"

Lúcio aceitou o jogo: "Hoje, eu vejo que foi um erro tremendo, claro que pode haver outra tatuagem igual, mas a revista e depois o livro em que encontrei a foto do homem que eu matei me fizeram acreditar que aquela era a única. Não posso culpar o autor, ele não diz isso, nem podia garantir, mas foi assim que eu entendi".

"E você não se interessou em pesquisar mais, tentar descobrir pessoas com a mesma tatuagem?"

"É agulha no palheiro, não saberia nem por onde começar. Você sabe de alguém?"

"Não, acho que não."

"Acha?"

"Não vi, não."

"Por favor, se souber, mesmo que tenha só uma vaga lembrança e que o desenho seja só parecido, me ajuda. Eu sei que mereço punição, mereço, mas minha pena pode ser muito menor se eu provar qual foi a motivação, além disso quero justiça pro meu pai. Você disse que seu nome é Luiz? O nome do meu irmão."

Foi assim que a tatuagem de Raimundo voltou a atazanar o filho. Contudo, mais uma vez, a perturbação arrefeceu, outros assuntos ocuparam o centro das atenções e dirigiram a rotina de Luiz. Ele poderia se tornar o primeiro membro da família a chegar à universidade, e aconteceu. No sábado, as ameaças do ex-marido de Lenora, de manhã, e o ensaio, ao longo da tarde, eram mais que suficientes para preencher a cabeça de qualquer pessoa. Entretanto, o cardápio foi ainda mais variado. À visita do miliciano que proibiu a peça somou-se a incursão do jornalista. Luiz precisava falar com ele, temia a publicação da matéria no dia seguinte, embora soubesse que não era provável, dificilmente haveria tempo, a menos que fosse menos que uma reportagem, uma notinha, por exemplo. O diminutivo não deve levar à subestimação do estrago que uma nota venenosa num órgão de grande circulação, no domingo, pode fazer. O chamariz existia: menino negro da comunidade encena espetáculo contra a polícia. A provocação tinha potencial para render. Na segunda-feira, ouviriam o relações-públicas da PM, um militante de alguma ONG defensora dos direitos humanos e um especialista, os jornais adoram especialistas — reforçam as ilusões da imprensa neutra e envolvem a matéria com a aura de autoridade. Na terça, a nota diminuta já escalou e merece referência nas páginas dedicadas a cobrir a cidade, a vida cotidiana da urbe. Foi promovida a notícia, porque a assessoria jurídica da polícia reagiu, exigindo explicações, uma espécie de retratação prévia, pois sua imagem teria sido, ou poderia vir a ser, vilipendiada. Na quarta, se tudo desse certo, o jornalista alcançaria seu objetivo: assinaria reportagem de capa, acrescentando uma pitada de pimenta. A peça teria sido interditada pela milícia local. Quinta-feira, Luiz estaria na manchete. O autor da notinha modesta teria ultrapassado suas próprias metas mais otimistas: daria entrevistas para TVs e rádios sobre a expulsão de Luiz de Rio das Pedras. Os especialistas então mobilizados seriam outros, nomes da ribalta nacional, cientistas políticos, juristas e colunistas preocupados com o estado de direito, a democracia e a insegurança. Luiz não tinha nada de ingênuo. Mesmo que sua vaidade estivesse eriçada, tinha os pés no chão. Precisava falar de qualquer jeito com o tal jornalista.

Tanto insistiu, que o homem atendeu: "Claro, vamos conversar, sim, e logo, eu estava atrás de você porque também tenho um assunto urgente. Não vi que você tinha me ligado. Agora mesmo. Onde?".

Quando chegou ao bar no Leblon, Luiz reparou a motocicleta bonitona, extrovertida, orgulhosa e sedutora, grande, azul, vermelha e prata. Luiz tinha uma queda por motos. "Queda" era a palavra menos apropriada e oportuna, nesse caso, ele admitiu para si mesmo e sorriu da ironia que lhe excitara as sinapses. Concentrado no portento estacionado na calçada, não percebeu que Ramos o examinava dos pés à cabeça, camuflado por óculos escuros, atrás do chope na mesa da frente. Acenou e levantou-se para cumprimentar Luiz.

"Chico Ramos, prazer. Tentei achar uma mesa mais discreta e silenciosa, mas tá tudo cheio. Sábado, fim de tarde, no Leblon, em dia que deu praia, nem adianta perder tempo procurando. Espero que não se importe."

Luiz não resistiu: "É sua? Aquilo é um avião, hein? Uma nave interplanetária sobre rodas".

"E voa. Na estrada, voa."

Os dois admiravam o sonho de consumo do ex-vestibulando socialista enquanto o garçom substituía a tulipa vazia por dois chopes. Ramos levantou o polegar para a presteza do serviço.

"Bem gelado, colarinho na altura certa, o pessoal aqui é competente."

"Soube que você esteve no ensaio, queria falar comigo. Eu fiquei preocupado, preferia que seu jornal não publicasse nada sobre a peça, no momento."

"Não sou da área de cultura, Luiz, o que eu faço a gente costuma chamar de jornalismo investigativo."

"Setorista de polícia?"

"Não, às vezes os temas até se confundem um pouco, mas, em geral, escrevo mais para as páginas de política. Corrupção, superesquemas, golpes empresariais, tramoias no Judiciário, esse tipo de coisa."

"Tramoias da mídia também?"

Ramos balançou a cabeça pra lá e pra cá com um meio-sorriso amarelo, dentes amarelos de quem fumou a vida inteira: "A gente faz o que é possível, né?".

"E o possível vai se alargando na medida do que a gente faz."

"É verdade, mas quando a gente bate de frente com o poder, aí não tem muito jeito."

Luiz dá um gole e sente o álcool levedado refrescar a garganta. O interlocutor recupera o fôlego:

"Já aconteceu comigo. Com você também deve ter acontecido."

O filho de seu Raimundo aprendeu com os silêncios do pai que não falar é uma opção muitas vezes mais eloquente e que a prudência não costuma ser a virtude dos jovens. Deveria ser. Nas palavras do velho, se a rapaziada e as moças conseguissem juntar a energia, e a coragem que ela estimula, com a prudência, dominariam o mundo. Gostava de recordar essa lição, mas era difícil aprender. Naquele encontro, engoliu sua vontade de compartilhar as ameaças e a censura. O risco era imenso.

Se ele que era o interessado não se contivesse, por que Ramos se conteria? Calou-se, portanto. Mas Chico Ramos percebeu que havia uma brecha e que valia a pena insistir:

"Já aconteceu com você?"

"Como você é um cara experiente e preparado, sabe que eu nunca diria que sim. Eu não diria que sim pelo simples fato de nunca ter acontecido e negaria se tivesse acontecido. Você sabe tão bem quanto eu: se aconteceu e você dá com a língua nos dentes, a casa cai."

"Nossa conversa vai ficar em off, pode confiar."

"Não se trata de confiar, Ramos. Se uma notícia dessa sai publicada, a fonte qual seria? Quem seria o X-9? Mesmo que não fosse eu, o suspeito natural seria eu. Quem é a vítima? A quem uma denúncia beneficiaria? Você acha que os caras são idiotas?"

"Que caras?"

"Vamos mudar de assunto."

"Luiz, não vim aqui falar disso, não, pode ficar tranquilo. Mas eu vi o sujeito no ensaio. Todo mundo notou. Ele dava a maior bandeira. Foi por isso que não fiquei pra falar com você. Saí logo que percebi que ele estava de olho em mim. Não sei se ele me reconheceu, mas com certeza vigiou meus movimentos. Viu que eu falava com uns e outros. Confesso que fiquei com receio de que ele tivesse me reconhecido. Eu publiquei umas matérias sobre milicianos ocupando cargos de assessoria a políticos e sobre a organização de currais eleitorais pro ano que vem."

"Tô sabendo."

"Posso imaginar o que você está enfrentando. Não sou irresponsável. Não quero te prejudicar de jeito nenhum. Pelo contrário, estou do lado da justiça. E é por causa da justiça que eu quero falar com você."

"Justiça?"

"Estou investigando o caso de Lúcio Coelho. Ele assassinou um professor pensando que vingava a morte do pai."

"Conheço a história, mas o que isso tem a ver comigo?"

"O caso todo é muito estranho. O que chamou minha atenção, primeiro, foi a tatuagem da vítima. Entrevistei a viúva. Ela não disse muito, mas contou que a tatuagem foi feita na juventude do finado por uma benzedeira nordestina. Perguntei se ela sabia de alguém que tivesse a mesma tatuagem. A mulher se recusou a responder. Depois que prometi jamais publicar a informação, ela me disse que sim, mas que não tinha ideia de onde vivia o outro tatuado, nem se estava vivo. Ele e o marido viajaram juntos nos anos 1970 e depois nunca mais se viram. Essa outra pessoa é a chave para a montagem do quebra-cabeça. Não porque ela me interesse em particular, não acho que faça nenhum sentido perder meses de trabalho pra fundamentar a denúncia contra um pistoleiro de aluguel. Quem puxou o gatilho não importa. Importa descobrir quem contratou o pistoleiro e por quê."

O coração de Luiz disparou quando ele ouviu "benzedeira nordestina". Mal conseguia pensar, menos ainda falar. Sequer tinha nome para a asfixia que tomou conta dele, um sufoco que era e não era material. Objetos e palavras perderam nitidez. O bar parecia fora de prumo e líquido. O ambiente inteiro emborcava para o fundo do mar.

"Tenho certeza de que se trata de crime encomendado. O mandante era poderoso, posso te garantir."

Bebeu outro gole, enquanto Luiz punha toda a energia no esforço para não fugir dali em busca de ar.

"Posso garantir, sabe por quê? A experiência serve pra isso. A gente aprende algumas coisas ao longo do tempo, não é? Fui ao Espírito Santo, entrevistei pessoas, andei por lá, bisbilhotei arquivos da Justiça, do Ministério Público, da imprensa, uma trabalheira danada. Sabe o que eu achei?"

Ramos só retomou a performance depois de longa pausa dramática, bebericando o chope, mais preocupado em exibir suas virtudes do que em decifrar os motivos da palidez súbita do interlocutor:

"Nada, não achei porra nenhuma. Não é estranho? Estranho não, é óbvio. Óbvio ululante, como diria Nelson Rodrigues. Não havia nenhum registro do crime. O processo desapareceu, as reportagens da época sumiram. Nem atestado de óbito eu encontrei. Quer dizer, ou Lúcio Coelho é louco, ou apagaram a história do pai dele com muita eficiência. Só gente poderosa é eficiente no ofício de destruir provas. Os documentos do orfanato em que Lúcio cresceu falam em abandono de criança, sem parente identificado. A certidão de nascimento dele dá o nome dos pais. Sobre o pai, nada, mas, seguindo a pista da mãe, localizei o atestado de óbito. Ela morreu no parto menos de um ano antes de Lúcio ser entregue ao orfanato. Acontece que ele foi admitido no orfanato com doze anos. Então, havia mesmo uma criança, e não é impossível que ela tenha sobrevivido. Teria hoje vinte anos. A história de Lúcio pode ser verdadeira."

Chico Ramos não se deu conta da força que Luiz precisou mobilizar para se manter ali sentado.

"Alguns entrevistados acham que pode ter sido queima de arquivo, literalmente. Desde os anos 1990, pipocavam denúncias anônimas de esquemas mafiosos no Espírito Santo. Acusações de que juízes e desembargadores, ligados a policiais, promotores e políticos, mandavam soltar presos à noite pra que eles prestassem serviços especializados. Executavam os desafetos sem risco de que os assassinos fossem identificados e viessem a delatar os mandantes. Existe melhor álibi do que estar preso? Como é que um preso poderia ser acusado de matar alguém fora da prisão? Eram crimes perfeitos, ou quase. Os raros agentes penitenciários que delataram o esquema acabaram sendo suas vítimas."

"Ainda não entendi por que estou aqui."

"Lúcio está convencido de que você sabe alguma coisa."

"Sei o quê?"

"Você fez uma entrevista com ele, não fez?"

"Eu e vários colegas."

"Pois é, ele ficou impressionado com você. Na última visita, há alguns dias, ele me fez prometer que eu tentaria conversar com você."

Ramos abriu uma pasta de plástico cheia de papéis e envelopes que retirou da mochila. Puxou um envelope sujo e velho de dentro de outro limpo, novo, de tamanho médio. Com o indicador e o polegar pinçou uma foto preto e branco, antiga, e a pôs nas mãos de Luiz.

"Leopoldo Coelho."

Enquanto o filho de seu Raimundo cauterizava com fogo a ferida aberta, sem deixar transparecer a dor, o jornalista prosseguia:

"Lúcio pediu pra te mostrar, depois levar de volta, porque é a única recordação do pai."

Luiz observava a foto, apertando os olhos.

"Lúcio acha que é seu irmão."

Luiz despencou desfiladeiro abaixo. Só o rosto permanecia inerte, vazio e íntegro. Tudo mais se despedaçava.

"As pessoas têm suas loucuras, Luiz, eu só estou cumprindo a promessa que fiz a ele."

Esticou o braço para receber a foto e guardá-la com os cuidados devidos.

"O que é que você espera que eu diga?"

"Nada, nada, por favor. Desculpa minha intromissão e falta de jeito. O que Lúcio quer é que você avise se descobrir alguém com uma tatuagem parecida."

Luiz disfarça o choque.

"Ele pede encarecidamente."

Ramos aponta para as tulipas vazias:

"Mais um?"

Saindo daquele inferno aos trancos e barrancos, Luiz não estava em condições de ver ninguém e não queria ser visto por ninguém, tinha a sensação de que a confusão interna era tão barulhenta e atordoante que qualquer pessoa que o conhecesse perceberia seu estado. Sentia-se transparente, nu, indefeso. Era como se percorresse uma trilha desconhecida, cercada de perigos letais, a qualquer momento podia topar com um organismo monstruoso, a qualquer instante podia render-se a um choro convulsivo e inexplicável, assim como podia matar alguém. Faltava-lhe mapa, bússola, um mínimo de previsibilidade a propósito de si mesmo e do caminho. O monstro à espreita seria o quê?, ele se perguntou, na van, rumo a Rio das Pedras. A verdade?

Buscava um eixo, desesperadamente, um fio condutor da trama de sua vida dali em diante. O fio se retesa e serve de apoio quando se amarra a uma referência estável. Sem âncora, o fio não se distinguiria do meio pantanoso em que Luiz naufragava. O ponto fixo de que precisava urgentemente deveria ser a origem, a raiz que o passado rememorado evoca e celebra. Mas, nesse caso, a origem era o enigma. O mais perto da origem, naquela família tão escassa em parentes, migrante de um passado tão nebuloso, guardado fundo nos silêncios de Raimundo, eram os padrinhos, cujo destino, todavia, constituía outro mistério. Branca e Gregório evaporaram, depois de povoarem com afeto, embora à distância, a infância de Luiz. O fio da meada passaria necessariamente pelos dois ou por quem tivesse convivido com eles.

Depois de revirar o baú das coisas antigas, em que ele evitava mexer porque fora educado nesses pudores e porque temia deparar-se com fotos da mãe, a falta que ela fazia continuava sendo imensa, depois de inspecionar cartas e cartões-postais, achou nome, endereço e o plano de que precisava.

Chegara em casa, naquele sábado incendiário, quando o pai já saíra para o trabalho, e partiria imediatamente para a rodoviária. Tinha um pé-de-meia que cobriria os custos da viagem. Enfiou roupas, escova e pasta de dentes, desodorante e uma toalha pequena na mochila. Hesitou entre os livros, costumava ler mais de um ao mesmo tempo. Optou por *Armadilha para Lamartine*, de Carlos Sussekind, que encontrara por cinco reais com a capa rasgada numa banquinha improvisada na rua do Catete. Esquivou-se de Lenora, Rodney e, tanto quanto possível, dos vizinhos. O projeto era tornar-se invisível e ocupar um continente vazio que lhe permitisse tomar qualquer forma. Desejava desvencilhar-se dos compromissos com o que havia feito dele o que quer que ele fosse, para que pudesse vir a ser outra coisa.

Na rodoviária, releu as anotações. Rose de Freitas era o nome da amiga de sua mãe. Foi a ela que Linda recorreu quando cessou a comunicação com os padrinhos Branca e Gregório. A última correspondência que Luiz achou na barafunda do baú foi uma cartinha agradecendo a Raimundo o telegrama com a notícia trágica. Rose dizia que, depois de chorar muito, a confiança na vida eterna a confortara. Luiz se comoveu com a mensagem: "uma mulher tão boa", "não media sacrifício para fazer o bem aos outros". Talvez o endereço fosse o mesmo, as pessoas no interior não têm o hábito de se mudar, era o que tantas vezes ouvira de seu pai. Segundo as informações do guia que consultou antes de comprar a passagem, teria de ir para a cidade próxima, de onde certamente haveria condução para o povoado de Rose, na zona rural. Partiu pouco antes da meia-noite e sua insônia angustiada foi derrotada pela exaustão. Apesar das curvas fechadas, do assento desconfortável e do cheiro adocicado de chiclete que lhe embrulhava o estômago, Luiz dormiu profundamente. Despertou sacudido pela senhora a seu lado: "Ei, moço, chegamo".

Tomou café com leite e comeu pão fresquinho com queijo de minas. Chovesse ou fizesse sol, Luiz não resistia ao queijo mineiro. Nisso, ele sorriu, era igualzinho à mãe. A presença da mãe vinha com os ares frescos da serra. Descobriu que o transporte para Sibipiruna do Rio das Flechas se fazia por um micro-ônibus cujo horário nem sempre era inteiramente previsível, porque parte da estrada de terra às vezes ficava intransitável. Pagava-se o bilhete ao motorista. Luiz não queria chegar de mãos abanando. Comprou um pote de mel e umas rosquinhas salgadas.

"A estrada tá boa, em uma hora a gente tá lá." De fato, foram quase duas horas subindo, puxando pelo motor até o limite da potência, e parando um tanto de vezes para deixar e pegar passageiros pelo caminho.

Cidadezinha, vila, vilarejo, povoado, enfim, o distrito de Sibipiruna. O motorista desligou o motor com a expressão de um atleta olímpico que volta para casa sem medalhas, resignado — como fazer mais do que se pode? Luiz desceu com os demais diante de uma pequena feira a céu aberto. Não havia calçada, mas tábuas sobre buracos mais fundos que, em dias de chuva, formariam poças intransponíveis. Tinha visto o cardápio usual: farmácia, templo, lojas modestas com vitrines espalhafatosas, quitanda, mercadinho, casa de saúde, oficina e escola. Explicaram-lhe que a rua principal era mesmo aquela. Começava onde iniciava o calçamento e terminava na cachoeira do rio das Flechas, onde os caminhos se bifurcavam, serra acima, serra abaixo. A névoa suave e úmida era constante, uma das marcas do lugar.

Não seria tão fácil localizar Rose de Freitas. A crença de que todo mundo se conhece no interior é mito. Sibipiruna não era assim tão pequena. Luiz supôs que o mais lógico fosse pesquisar nos correios, mas não havia correios. Os motoristas traziam e levavam malotes que recolhiam e entregavam na farmácia. Foi lá que lhe ensinaram como chegar até dona Rose: terceira casa depois da curva do rio, atravessando a segunda ponte à esquerda. Primeiro era preciso subir a rua principal até o fim e virar à esquerda. Luiz sequer cogitou a hipótese de sentir frio, mas sentia, muito. O jeito foi comprar um suéter de lã no Rei dos Tecidos. O dono da loja, que era também o vendedor, sua majestade em pessoa, como se apresentou, fez questão de dar as boas-vindas ao forasteiro com um desconto que Luiz não pedira.

Seguiu a rota, sujou os tênis de lama, encharcou os pés, e uma vertigem o fez sentar-se num banquinho de pedra, antes da segunda ponte. Aspirava e o ar não vinha. Aceitou a tonteira como o efeito natural da altitude. Qualquer torcedor de futebol sabia disso. Passara ao largo de hortas, ranchos e terrenos cercados para criação de porcos e galinhas. Retomou a peregrinação até a terceira casa depois da curva do rio. As crianças brincavam na rua, uma fartura de terra, mato e cães sob uma enorme araucária, que ele confundiu com a sibipiruna que nomeava a cidade. Bateu na porta aberta, desnecessariamente, porque as crianças já tinham cessado a algazarra e corrido para chamar o adulto da casa.

Luiz ainda se desculpava por aparecer daquele modo, sem aviso, quando Rose já desistira de convencê-lo de que era bem-vindo, de que sua visita pusera seu coração em festa, de que vê-lo era bom feito bolo de fubá, e já lhe servia o feijão fumegante na mesa à qual ele se sentara ao lado dos meninos. "A hora do almoço é sagrada", ela disse, repreendendo o neto retardatário. Em volta da avó, aquietaram-se e comeram com vontade. Eram netos, todos os quatro, a filha tinha ido trabalhar em Belo Horizonte. "Vem quando pode", ela disse. "Fala que quando enricar vai levar as crianças. Vai nada. Nem me preocupo, sabe? Ela vai enricar é nada."

Rose dava conta de educar os meninos e cozinhar. A filha mandava um dinheirinho. Era pouco mas suficiente para dividir com a vizinha mais nova, que ajudava a cuidar da casa e a fazer as compras. No mais ia levando, saudosa dos tempos em que se divertia, saudosa das amigas, com muitas saudades de Linda. Nunca se casara porque não suportava a ideia de homem em casa mandando. Trabalhara desde criança e valorizava acima de tudo a liberdade. Linda não era tão brava, tão disposta a brigar, era da paz, "por isso a gente formava uma dupla boa". Lembrava-se dela como "a mulher pronta pra ajudar as colegas, pau pra toda obra, trabalhadeira, alegre e apaixonada por aquele homem. Era Deus no céu e Raimundo na terra".

A vizinha levara as crianças para a escola, desinflando o vozerio. Entardeceram em paz com trinados e zumbidos da mata, o gotejar da chuva leve e fina nas calhas, e os latidos eventuais.

Rose insistiu para que Luiz tirasse da cabeça a pretensão de ir embora naquele mesmo dia. Nem havia como fazer isso. Quem chegasse àquele fim de mundo tinha que desacelerar, repousar. Prometeu que ele não se arrependeria, iria gostar da prosa e dos bolinhos de arroz, do porco assado com tutu e couve, os meninos não o incomodariam.

Luiz foi cauteloso com as perguntas. Disse que sua visita era um jeito de reencontrar a mãe, conhecer pessoas e lugares de seu passado, mas evitou colocar Rose contra a parede. Notou que ela tomava o mesmo cuidado com as respostas, ia aos pouquinhos afrouxando o laço do embrulho em que cabiam provavelmente muitos capítulos envenenados. Rose cancelou a sesta que fazia religiosamente e à qual atribuía sua saúde invejável. Jogou-se no sofá, depois do cafezinho com rapadura, e quis saber do Rio de Janeiro. Quando ouviu a notícia do vestibular, comoveu-se, pensando em Linda, e levantou-se. Espichando-se na ponta dos pés descalços, tateou o armário em cima da pia. Trouxe dois cálices e o licor de carambola. Tinham de celebrar aquilo. Negra como ele e Linda, Rose achava que talvez o mundo estivesse começando a mudar. Que sinal mais bonito existiria? Luiz, médico, doutor. Sua avó tinha sido escrava. Sua mãe fora tratada como escrava. Ela se insurgira contra o desprezo dos brancos, os abusos dos senhores, a exploração, a violência. Foram tantos os casos em sua vida.

A maior prova de consideração que a anfitriã lhe poderia dar, Luiz pensava, era a verdade sem maquiagem. Ela lhe deu. Não de uma vez, mas a conta-gotas, medindo a capacidade que ele demonstrava de metabolizar cada petardo. Luiz dizia aos amigos que era uma pessoa livre de preconceitos. Não era, ele descobriu que não era quando ouviu que a mãe tinha sido dançarina na boate, o pessoal chamava inferninho. Gregório era o leão de chácara. Foi lá que Linda conheceu Raimundo. Mas Luiz era meio ator, sabia montar a máscara da personalidade imperturbável, e Rose foi adiante. Nunca soube qual o ganha-pão de Raimundo. Linda, se sabia, não disse. Ele sumia e voltava, um ano depois, com agrados e carinhos. Ela esperava pela volta como quem contasse os dias, sem saber quantos dias deveria contar, porque não havia datas, nem compromissos. Rose era contra aquele amor incondicional, sem garantias, sem futuro. Mas tinha de admitir que Raimundo era homem de respeito, porque nunca enganou a amiga, nunca prometeu nada. Até que um dia chegou para ficar, ou melhor, para levar Linda consigo. Planejava fixar residência no Rio de Janeiro. Propôs casamento e lhe deu um filho.

A ambiguidade da frase passou batida, talvez porque Luiz não a quisesse escutar, embora para ouvi-la tivesse viajado até lá.

No fim do segundo dia, Luiz não conseguiu mais esconder a tristeza que o prostrava. Rose lhe fez, então, a proposta. Houvera um momento muito doloroso e difícil. Nada a levantava do chão. O desgosto parecia mortal. Nada do que diziam para ajudá-la fazia sentido. Nada a salvava do desalento. Instruída por um vizinho, aproveitou as últimas forças para tentar uma solução maluca, fora de propósito, sobretudo para ela que não era dada a crendices. Buscou a bênção de uma eremita, no alto da colina. A mulher a puxou pelo braço até a borda do precipício, soprou vida em sua alma e lhe disse que, dali em diante, ela que se virasse. Rose desceu a colina repleta de luz. Desde então, sente-se imensamente grata, ligada à mulher por uma dívida eterna. Na casa de Rose haveria sempre uma vela acesa em homenagem à Índia do Alto, como ela era chamada em toda a região.

Se ela tivesse de explicar o que acontecera, qual tinha sido o remédio, não saberia o que dizer. Mas acontecera. Luiz deveria ir vê-la. Rose confessou ao hóspede que era a primeira vez que ela sugeria a alguém que visitasse a eremita. Não queria gastar a energia sagrada que a mantinha viva. Considerava uma heresia abusar da generosidade da velha senhora. Ingratidão, desrespeito. Mas, naquele caso, intuía que a visita estava autorizada.

Luiz hesitou, mas acabou concordando. Esperou alguns dias pelo mateiro que o guiaria nas trilhas da serra. Impossível prever com exatidão quanto tempo levariam para chegar, talvez um dia inteiro, ia depender das condições do terreno e do preparo físico dos andarilhos. Sairiam tão logo amanhecesse. O mateiro, embora jovem, era experimentado, mas mesmo assim relatava perigos e confusões. Na véspera, esteve na casa de Rose para conhecer Luiz. "Fez a barba, Andinho?" "Já cresce, já, dona Rose." Ele fez recomendações sobre a viagem e contou histórias de arrepiar. Depois que o rapaz se foi, a anfitriã tranquilizou o hóspede: "Glória de mateiro são as lendas", o brilho dos olhos da onça que aponta o caminho, a serpente interminável, o lobo manco que ri, o tatu amestrado, a capivara poliglota, o hálito letal do irerê, único de sua espécie nas Américas, o avanço do sapo que voa. Andinho, o André dos Pardais, filho de Esteves e Mariazinha, devia favores a Rose e aproveitaria a visita bimestral que fazia à eremita para levar-lhe alimentos enviados pelas cinco famílias de Sibipiruna que a veneravam. Luiz o ajudaria. Além de Andinho, ninguém ia lá. Temiam a velha.

Caminharam o dia inteiro e parte da noite na mata cerrada. Chegaram sujos, esgotados e famintos. A casa, no centro do terreno, iluminada por um lampião que o mateiro acendeu, era dividida em dois espaços: em um ficavam o fogão a lenha, a bancada de madeira, três cadeiras e a mesa, no outro, duas redes estendidas entre as paredes. As paredes de cimento estavam nuas. Ao lado da janela fechada, enganchados na placa de madeira, pendiam facões de tamanhos variados. Empilhadas no chão, duas pás e uma espingarda.

Andinho percorreu a casa com intimidade, chamando pela mulher: "Minha tia, ei, minha tia". Não havia ninguém. Nenhum dos dois sabia o que fazer. Depositaram no chão da sala os suprimentos que trouxeram, beberam água, cavucaram as bolsas, escolheram o que lhes pareceu mais apetitoso, sentaram-se e comeram os pães com salame.

"Ela é assim mesmo, some e aparece. A porta tava encostada. Sinal de que tá por perto. Deve tá no mato, rezando. A velha não vive no relógio de gente, não. Daqui a pouco, chega", Andinho tranquilizou Luiz. Em seguida, retirou-se para o cômodo com as redes e largou-se na mais comprida. Não demoraria a cair no sono pesado e ressonar.

Equilibraram-se em pirambeiras, atravessaram córregos, saltaram entre pedras lisas e molhadas, assustaram-se com rugidos, evitaram répteis e troncos podres, cada qual agarrado na fé do parceiro, a fraternidade dos peregrinos. Para andarilho solitário, o outro é o mundo inteiro. Luiz pensou na jornada toda e lhe ocorreu que viera de longe atrás de respostas a suas dúvidas e que agora não sabia o que iria perguntar à velha senhora.

Desejava dissolver-se no mais espesso dos sonos, mas precisava manter-se alerta, a Índia do Alto entraria pela porta a qualquer instante. Saiu com o lampião para urinar e afastou-se até a ponta elevada do platô. Dali, a floresta desabava no vale, naquela hora nada além de um vão na treva. Vacilando entre os galhos e os pequenos montes de barro que granulavam a passagem até a fossa, meio grogue porque a digestão aumentava o cansaço, respirou o ar puro e frio da noite funda que unia céu e terra. Foi então que se assustou com o odor nauseante que o vento antes desviara. Correu a chamar Andinho e custou a desatá-lo do nó que o sono dá em corpo vencido. André dos Pardais acompanhou Luiz até o lugar. Estremeceu, persignou-se, resvalando na franja do pesadelo, e buscou o norte nas estrelas com os olhos vermelhos e inchados. "Minha tia, mãezinha de minha mãe, que Deus receba seu espírito com muita festa, minha tia, obrigado por tudo, mãezinha." Disse essas palavras entre soluços. Luiz o abraçou e ficaram ali, apertados um contra o outro, reconfortados no clarão do fogo que fizeram para cumprir a promessa de Andinho. Era o único pedido que a velha senhora lhe fizera: "Não me deixa na terra pros bichos comer. Faz uma fogueira bem bonita. Sepulta meu corpo no fogaréu, Andinho. Quero ser espuma, véu, lasca de pau em brasa e nuvem. Quero ser oferenda pros ancestrais". O mateiro se lembrava das palavras da Índia do Alto, e repetiu uma a uma para Luiz, que o beijava junto à oferenda em chamas. Beijaram-se enquanto o corpo ardia, num torpor que era desfalecimento a dois e prontidão. Luiz se alimentava do sal das lágrimas de Andinho e se fortalecia, e lhe servia a língua untada no sal até que o amante se fartasse naquela alegria tão triste do amor mais puro e lascivo.

Ao norte da lápide

Iara e Raimundo lancham no restaurante lotado de um posto de gasolina. Ele pensa em Branca e Eugênio, quer dizer, Teófilo, e na Kombi amarela. São duas horas da tarde. Estão na periferia de Vitória, capital do Espírito Santo. Ela se informara acerca do desembargador. Vinte anos antes, Raimundo havia dito ao intermediário que preferia não saber nada sobre o contratante, mas depois soube pela TV o nome do sujeito e descobriu que se tratava do canalha que o contratara, passando-se por intermediário. O tal agente penitenciário tinha um filho, na verdade dois, o outro era aquele que se tornaria o assassino de Teófilo. A vontade, em meados dos anos 1980, era liquidar o salafrário, mas se conteve para respeitar o juramento que fizera ao bebê. Mudar de vida. Procurou Linda, propôs-lhe casamento, ofereceu-lhe o menino, sem perguntas, sem explicações, e recomeçaram a vida no Rio de Janeiro. Vinte anos mais tarde, é necessário mudar de vida mais uma vez e completar a missão. Só teria coragem de olhar novamente o filho nos olhos depois que a justiça fosse feita. Metade da justiça, porque restaria a culpa dele mesmo, Raimundo, cuja sorte colocaria nas mãos de Luiz. Se o filho não o perdoar, ele se entregará à polícia. Ainda há tempo, o crime só prescreve no fim do ano.

 Iara preferia pular esse capítulo e viajar com Raimundo para o Norte, mas não se opõe à vingança. Teófilo não teria sido assassinado se o desembargador... Compreende Raimundo. Está disposta a apoiá-lo.

O magistrado se aposentou. "Atualmente, Rebouças Ourinho dedica toda a energia e competência à gestão de suas fazendas, no interior da Bahia", conforme a nota biográfica da imprensa local enviada a Iara por companheiros capixabas do sindicato de professores, que ela consultara. Cria gado, compra e vende terras, o mesmo de sempre. Foi assim que enriqueceu, negociando sentenças, forjando títulos de propriedade de terras devolutas, mandando matar camponeses. Os latifúndios são baianos, mas o mafioso continua morando no Espírito Santo. A mansão é uma fortaleza, cercada de seguranças armados.

No caixa, pagando a conta, Iara compra o jornal para se inteirar das notícias locais. A caminho do carro, desdobra o tabloide e segura o braço de Raimundo: "Atentado contra jornalista ameaça instituições".

"Olha isso", ela diz. E lê em voz alta:

"As entidades da sociedade civil e as associações de classe consideram o atentado contra a vida do repórter Chico Ramos uma agressão à liberdade de expressão e uma ameaça à democracia. O atentado ocorreu há dois dias em Vitória. Seu estado de saúde é estável, de acordo com o boletim médico do Hospital das Clínicas da capital capixaba. Fontes declaram que o jornalista investigava possível envolvimento de representantes do Poder Judiciário com o crime organizado. O porta-voz da polícia informou que a apuração será rigorosa e os culpados serão punidos. Não deu detalhes para não prejudicar as investigações. Nos bastidores, policiais admitem a hipótese de que o atentado tenha sido forjado pela vítima, que estaria chantageando autoridades. O golpe teria sido revertido e Ramos estaria na iminência de ser desmascarado. O desembargador aposentado Rebouças Ourinho, uma das personalidades na mira do repórter, não quis se pronunciar."

"Você devia procurar esse cara."

"No hospital?"

"Por que não? A gente vai junto. Um casal. Se ele puder receber visita. Fica parecendo a visita de um casal de velhos amigos."

"Não sei."

"Raimundo, a gente já falou sobre isso. Qual poderia ser a melhor vingança? Você ajuda o repórter, passa informações, o repórter não pode te delatar, nem que a polícia pressione, porque você é fonte. Até a Justiça tem de respeitar fonte jornalística."

"E desde quando polícia respeita alguma coisa?"

Raimundo caminha ao lado de Iara, mudo.

"Pra que é que a gente veio até aqui? Não foi pra tentar descobrir um jeito de denunciar o cara?"

Raimundo segue em silêncio.

"Ou você acha que vai invadir a mansão do homem com seu trezoitão na cintura? Mesmo que você conseguisse apagar o sujeito, nunca ia escapar vivo. É isso que você quer? Se é isso, eu vou embora e te deixo sozinho. Não seguro a barra de missão suicida."

"Vamos lá."

Iara é precavida, traz sempre uma ficha na bolsa. Há um orelhão diante da loja de conveniência. Ela telefona para o auxílio à lista, anota o número do hospital e descobre que visitas aos pacientes dependem de autorização médica, caso a caso, mas são permitidas somente até as dezessete horas.

Às quatro e meia, Iara procura vaga para estacionar nas redondezas do Hospital das Clínicas. Raimundo aproveita que o sinal fechou e salta bem na frente. Iara vai ter de dar a volta na quadra. Não há tempo a perder. Ela o encontrará no saguão, o mais rápido possível.

Raimundo se apresenta na recepção, diz o nome do jornalista, a funcionária consulta pelo interfone, "Visita para o 402", lê o documento que Raimundo lhe deu, "Teófilo Aguiar", aguarda, volta-se para Raimundo, "um instantinho", ele assente por um meio-sorriso, a funcionária de novo se dirige a ele, "O nome do paciente?", repassando com os olhos a interrogação ao visitante, "Chico Ramos", ele responde. Raimundo está ansioso, não sabe se foi uma boa ideia, a moça desliga e devolve a carteira: "O paciente não está recebendo visitas". Talvez tenha sido melhor, ele pensa.

Quando se aproxima da porta de entrada, um homem alto, ruivo, de terno preto, lhe diz ao pé do ouvido: "Vem comigo. Não olha pra mim". Pressiona contra as costelas de Raimundo o cano da arma que leva no bolso. Força o passo, na saída, à esquerda, onde um carro alto e blindado, com os vidros escurecidos, os espera. Abrem a porta de trás. O homem empurra Raimundo para dentro e a viatura parte em velocidade. Iara assiste à cena de longe e grita, mas é tarde. Decora a placa, embora suponha que seja fria.

As câmeras de segurança não estavam funcionando, a placa era fria e a polícia só conseguiu apurar que o homem sequestrado já tinha morrido. Quer dizer, era falso o documento apresentado à portaria do hospital. A identidade pertencia a um carioca, vítima de assassinato, crime atribuído a um capixaba que esperava julgamento. O morto, coincidentemente, era esposo da mulher que denunciara o sequestro, ou suposto sequestro, uma vez que sequer havia testemunhas. As pessoas presentes à ocorrência se negaram a prestar depoimento, e os seguranças do hospital alegaram troca de turno e ausência momentânea do local de trabalho. Conclusão, o delegado pediu a prisão provisória de Iara sob a acusação de falsidade ideológica, uma vez que estaria em conluio com um homem que se fazia passar por seu marido para aplicar algum golpe. Qual seria a explicação? Se o propósito era visitar Chico Ramos, ela seria agente dos que atentaram contra a vida do jornalista ou estaria a serviço dele para dar sequência à farsa? Iara se recusava a justificar a visita e o uso indevido do documento, ou a especular sobre possíveis motivos do sequestro. Disse que só falaria em juízo ou com o jornalista e não aceitou que o advogado indicado pela polícia assumisse sua defesa. Deram-lhe acesso ao telefone e, em uma hora, o sindicato lhe enviou uma advogada de confiança, que impediu a prisão, ameaçando o delegado pelo abuso de poder.

Quando o empurraram para dentro da viatura, Raimundo foi algemado. Meteram-lhe um capuz e lhe ordenaram que parasse de fazer perguntas. Calado, foi conduzido a um local distante, a menos que tenham dado voltas para despistar. Por que fariam isso?, pensou. Saiu do veículo aos tropeços, ouviu portas abrindo e fechando, finalmente o fizeram sentar-se. Quando tiraram o capuz, a luminosidade quase o cegou. Tonto, estômago embrulhado, pulsação acelerada, custou a se equilibrar. Relaxou quando entrou na sala o homem jovem, bem-vestido, mandando que retirassem as algemas e lhe trouxessem um copo d'água.

"Desculpe o tratamento grosseiro, seu Teófilo. As algemas foram usadas para prevenir eventuais reações e garantir sua segurança. Seria natural que o senhor reagisse, antes que nós pudéssemos lhe explicar nossos propósitos. O capuz foi necessário porque nossa localização tem de ser mantida em sigilo, como o senhor compreenderá. Sou delegado da Polícia Civil do estado do Espírito Santo, encarregado da investigação do atentado contra o jornalista Francisco Ramos. Identificamos um complô para assassiná-lo, que envolve colegas da corporação. Há uma investigação sendo conduzida à vista da mídia e do público, que foi montada para incriminar a vítima e lançar uma cortina de fumaça sobre a realidade dos fatos. Nós, aqui, estamos atuando em aliança com o Ministério Público e a Polícia Federal. Estamos agindo rápido para evitar o pior, o senhor entende?"

Raimundo abaixou a cabeça, o copo vazio na mão.

"Mais água?"

Raimundo aceitou e foi servido por um auxiliar do delegado.

"Uma de nossas tarefas é colher o depoimento de quem visita o jornalista. Posso saber qual sua relação com ele? Parente, amigo, colega de trabalho?"

"Não conheço o jornalista."

"Não conhece e pretendia visitá-lo?"

"Soube que ele está enfrentando a máfia de juízes."

"Máfia?"

"Eu queria ajudar."

"Ajudar como?"

"Contando a ele o meu caso."

O policial elegante, sentado diante de Raimundo, pede ao auxiliar que se retire.

"Seu Teófilo, pode se abrir. Chico Ramos e nós precisamos de sua ajuda. Quem o senhor deseja denunciar?"

"Rebouças Ourinho, o desembargador."

Na pensão em que a hospedaram, Iara percebeu que a advogada, embora competente e séria, parecia duvidar de sua sanidade mental. Só assim se justificaria a tentativa reiterada de responder a seu desespero com a oferta de calmantes e a recomendação de que dormisse, descansasse. "Amanhã a gente acha seu amigo", a jovem doutora dizia. Iara tentou lhe contar toda a história, mas o roteiro labiríntico e o nervosismo da narradora não contribuíram para a verossimilhança do relato.

Iara fingiu que engolia o comprimido para livrar-se da advogada. Sozinha, tomou um banho, trocou de roupa e saiu, disposta a percorrer os hospitais. Na melhor das hipóteses, Raimundo estaria ferido. Não o liberariam sem uma surra, um susto. Amanheceu no saguão de um hospital público que atendia emergências. Tinha adormecido na cadeira, onde o cansaço a derrotara. Tomou um café preto e forte e ligou para a defensora. Iara percebera que sozinha não iria longe. Precisava conquistar a confiança da advogada.

O corpo de Raimundo foi encontrado no fim da manhã. A autópsia constatou que as escoriações não foram letais. A causa da morte havia sido a lesão provocada por projétil de arma de fogo. Conclusões técnicas e projétil foram encaminhados para análise pericial e exame balístico. O cadáver seria enterrado como indigente, a menos que algum membro da família se responsabilizasse. A identidade encontrada no bolso da vítima permitiu que a esposa de Teófilo Aguiar providenciasse o funeral. Os arquivos policiais não estavam informatizados. A desordem lhe garantiu o direito de sofrer em paz. Ela sepultaria o marido pela segunda vez.

Iara acompanhou os dois funcionários do cemitério que empurravam o carrinho de ferro com o caixão barato. Ela ofereceu a Raimundo, à guisa de oração, palavras sussurradas, "Luiz vai entender, um dia vai entender". Tinha escrito com a chave do carro numa tábua a lápide possível: Raimundo Nonato, 1935-2005. Jogou na cova rasa a flor que colhera no caminho. Engoliu a lágrima que lhe espetou o lábio e perguntou ao rapaz com a enxada pra que lado ficava o Norte. O moço pensou, titubeou, o outro apontou, o primeiro assentiu. Iara queria olhar para o norte. Quando a sepultura fosse finalmente fechada, ela queria olhar para o norte.

Cronologia

Raimundo tem setenta anos em 2005.
    Luiz nasceu em 1985. Tem vinte anos em 2005.
    O acontecimento mais remoto que envolve Raimundo se passa em 1955, quando ele tinha vinte anos.
    Ele é detido pelo Exército em 1973. Ficou preso por três meses. Atuou dezoito anos como jagunço no Engenho Santo Onofre e arredores.
    Seu primeiro contrato como pistoleiro profissional independente, atividade que exerceu até 1985, foi celebrado no começo de 1974, quando ele contava trinta e nove anos.
    A primeira aventura/desventura de Raimundo estende-se ao longo de 1974.
    Nesse ano, conheceu Linda, com quem se casa em 1985, logo que adota Luiz.
    Linda tinha vinte anos quando conheceu Raimundo.
    Eles chegam ao Rio para começar vida nova em 1986. Raimundo tinha cinquenta e um anos. Linda, trinta e dois.
    A mãe de Raimundo o reencontra, em 1986, com sessenta e oito anos. Tinha dezessete quando Raimundo nasceu.
    No ano de seu desaparecimento, 1997, Branca tinha sessenta e cinco anos; Gregório, cinquenta.
    A aventura derradeira de Raimundo se passa em 2005.

Agradecimentos

Agradeço a Leandro Saraiva e Flávio Moura as leituras críticas de versões anteriores do que viria a se tornar este romance. Devo a Miriam Krenzinger sugestões preciosas e decisivas. Agradeço ainda a Rune Tavares e Rodrigo Sarti Werthein pelo apoio à elaboração da primeira versão, em 2015.

© Luiz Eduardo Soares, 2023

Todos os direitos desta edição reservados à Todavia.

Grafia atualizada segundo o Acordo Ortográfico da Língua Portuguesa de 1990, que entrou em vigor no Brasil em 2009.

capa e ilustração de capa
Felipe Braga
preparação
Márcia Copola
revisão
Ana Alvares
Ana Maria Barbosa

Dados Internacionais de Catalogação na Publicação (CIP)

Soares, Luiz Eduardo (1954-)
Enquanto anoitece / Luiz Eduardo Soares. — 1. ed. — São Paulo : Todavia, 2023.

ISBN 978-65-5692-447-2

1. Literatura brasileira. 2. Romance. I. Título.

CDD B869.93

Índice para catálogo sistemático:
1. Literatura brasileira : Romance B869.93

Bruna Heller — Bibliotecária — CRB 10/2348

todavia
Rua Luís Anhaia, 44
05433.020 São Paulo SP
T. 55 11 3094 0500
www.todavialivros.com.br

fonte
Register*
papel
Pólen natural 80 g/m²
impressão
Geográfica